An tSlaivéin

Tuilleadh leabhar Gaeilge le fáil ó Evertype

An *Leabhar Craicinn* (Panu Petteri Höglund, 2013)

An *Leabhar Nimhe* (Panu Petteri Höglund, 2012)

Cú na mBaskerville
(Arthur Conan Doyle, aist. Nioclás Tóibín, 2012)

An Hobad, nó Anonn agus Ar Ais Arís
(J. R. R. Tolkien, aist. Nicholas Williams, 2012)

Sciorrfhocail (Panu Petteri Höglund, 2009)

Lastall den Scáthán agus a bhFuair Eilís Ann Roimpi
(Lewis Carroll, aist. Nicholas Williams, 2009)

Cuiart na Cruinne in Ochtó Lá
(Jules Verne, aist. Torna (Tadhg Ua Donnchadha), 2009)

Eachtraí Eilíse i dTír na nIontas
(Lewis Carroll, aist. Nicholas Williams, 2007)

An tSlaivéin

Panu Petteri Höglund

a scríobh

Mathew Staunton

a mhaisigh

evertype
2013

Arna fhoilsiú ag Evertype, Cnoc Sceichín, Leac an Anfa, Cathair na Mart, Co. Mhaigh Eo, Éire. *www.evertype.com*.

Tá taifead catalóige don leabhar seo le fáil ó Leabharlann na Breataine. *A catalogue record for this book is available from the British Library.*

ISBN-10 1-78201-043-2
ISBN-13 978-1-78201-043-2

Dearadh agus clóchur: Michael Everson.
  Leipziger Antiqua agus **Futura** na clónna.

Maisiúcháin: Mathew Staunton.

Clúdach: Michael Everson.
  Léarscáil ó V.B. *Strassen-Atlas von Deutschland.* München: Zentralverlag der Nationalsozialistischen Deutschen Arbeiterpartei (Franz Eher Nachfolger), 1936.
  Grianghraf Phanu le Ruth Gaughan, Londain.
  www.magpiephotographic.com.

Arna chlóbhualadh ag LightningSource.

Clár an Ábhair

Bohaterom Powstania Warszawskiego

Do laochra Éirí Amach Vársá (1944)
a thiomnaím

Leid don Léitheoir

Ar ndóigh is tír shamhailteach í an tSlaivéin. Tá
gnéithe de stair agus de chultúr na dtíortha
éagsúla in Oirthear na hEorpa, idir an Pholainn, an
tSeic, an tSlóvaic agus an Ungáir, le haithint uirthi.
Meascán as an bPolainnis, an tSeicis, an tSorbais, an
tSlóvaicis, agus teangacha Slavacha eile í an teanga
Slaivéinise a dtiocfaidh tú trasna uirthi in áiteanna
anseo. Léitear "ć" mar [tʃ] nó "ch" an Bhéarla; "ś" mar
[ʃ] nó "sh" an Bhéarla; "ż" mar [ʒ] nó "j" na Fraincise; "j"
mar [j] nó "γ" an Bhéarla; "v" mar [w] i ndeireadh an
tsiolla agus mar [v] in áiteanna eile; agus "ch" mar [x]
nó "ch" leathan na Gaeilge. Seasann an straithín sna
litreacha "ń", "ĺ", "ŕ" do chaolú an chonsain: [nʲ], [lʲ], [rʲ].
Tá sé chomh maith agat an bhéim a fhágáil ar an gcéad
siolla.

Panu Petteri Höglund
I dTurku dom
1 Bealtaine 2013

1

An tAthair Mór
agus na Slavaigh

Ní raibh Adam Jokamies ach ina bhuachaill bheag, agus é ag déanamh a dhianstaidéir ar an mapa, nuair a fuair Daideo riachtanach tíreolas polaitiúil na hEorpa a mhíniú dó, an chuid de nach n-aithneofá ar na teorainneacha, ar na sliabhraonta ná ar na poncanna a sheas do na cathracha. Na tíortha san Oirthear, ba tíortha Cumannacha iad, agus coincheap cinniúnach a bhí sa Chumannachas, mar a tuigeadh don bhuachaill ón lá ar fhoghlaim sé an focal.

Bhí dlúthbhaint ag an gCumannachas leis na náisiúin Shlavacha, de réir mar a d'inis Daideo an scéal. Ní raibh sé féin in ann rud ciallmhar ar bith a rá in aon cheann de theangacha na náisiún sin, nó cé go raibh tuiscint an iar-bhunmhúinteora aige ar chúrsaí an tsaoil, agus é breá sásta tuilleadh a chur lena raibh foghlamtha aige cheana féin, bhí sé dall ar fad ar na teangacha coimhthíocha. Bhí a fhios aige, áfach, go raibh gaol ag na teangacha Slavacha leis an Rúisis, arbh í an ceann ba líonmhaire cainteoirí acu í.

An tAthair Mór agus na Slavaigh

Mar sin, d'fhéadfá a rá go raibh an Slavachas agus an Cumannachas fite fuaite le chéile. Sin mar a shíleadh Daideo, ar a laghad. Nuair a chúlaigh díormaí Hitler roimh thrúpaí Stailín—rud ba chuimhneach le Daideo go sármhaith, ó bhí sé ina fhear fhásta mheánaosta san am sin—chuir deachtóir an Aontais Shóivéadaigh córas a mhórstáit féin i bhfeidhm ar na tíortha beaga in Oirthear na hEorpa, agus teangacha Slavacha á labhairt sa chuid ba mhó acu, cé go raibh eisceachtaí ann, mar atá, an Rómáin agus an Ungáir. "Tá teanga na nUngárach gaolmhar lenár dteanga féin," a d'áitíodh Daideo, "is lucht comhthreibhe sinn." Ghlac sé leis go raibh na hUngáraigh fonnmhar teacht slán ó chuingir na Rúiseach, ós daoine dár gcuidne a bhí iontu ar bhealach, agus grá acu don tsaoirse chomh maith linn féin. Nár chuir siad troid fhíochmhar ar a son thiar sa bhliain míle naoi gcéad sé dhéag is dhá scór, agus iad ag éirí amach in éadan an Chumannachais? Ach maidir leis na Slavaigh, ba scéal eile iad. Bhí siad ar nós an bheostoic, dar leisean. Ní chuirfidís cath ar a son féin.

Chaith Daideo laethanta an Dara Cogadh Domhanda ina fheisire i bparlaimint na tíre, agus é ag seasamh do pháirtí na bhfeirmeoirí nach raibh róchlaonta chun Faisisteachais riamh. A mhalairt ar fad ba mhinic a fuair sé é féin faoi ionsaí ag lucht adhartha Hitler agus iad barúlach nár chóir d'aon pholaiteoir bhuirgéiseach comhoibriú leis na Sóisialaigh—na Daonlathaigh Shóisialta go mór mór san áireamh. Ach ar ndóigh nuair a bhí an tír ag cur troda ar son a hanama in aghaidh na Rúiseach, ba léir nach seachnódh an polaiteoir daonlathach féin tionchar áirithe ó smaointeachas na Naitsithe. Thairis sin, tháinig Daideo i mbun a mhéide nuair a bhí sé coitianta an cine daonna a phlé i dtéarmaí na náisiún agus na ndreamanna saindúchais, agus an t-indibhidiúlachas faoi lagmheas mar dhearcadh frithnáisiúnta. Ní raibh ionatsa, dar le lucht a chomhlinne, ach oidhre do mhuintire féin. Mar sin níor leasc le Daideo breithiúnas comhchoiteann a thabhairt ar náisiún iomlán, nó fiú ar bhrainse iomlán de lucht labhartha na dteangacha Ind-Eorpacha.

Chreid an seanleaid go raibh an chuid ba mhó de na Slavaigh breá sásta lena saol faoi bhráca an Chumannachais Rúisigh, ach b'éigean dó a admháil go raibh na Seicigh tar éis a léiriú, thiar sa bhliain míle naoi gcéad ocht is trí scór, go raibh sracadh éigin iontu, sracadh nach samhlódh sé féin leis na Slavaigh. Thairis sin bhí saothar Henryk Sienkiewicz léite aige, go háirithe an t-úrscéal úd "Quo Vadis," a chruthaigh gur náisiún cultúrtha a bhí sna Polannaigh, dar leis. Fear cráifeach a bhí ann féin, mar Dhaideo, chomh garbh gairgeach is a bhíodh sé in amanna, agus é braiteach ar theachtaireacht an leabhair a bhí bunaithe ar fhin-scéalaíocht na gcéad Chríostaithe. Le fírinne cé go raibh sé de chlaonadh ann nathanna bolscaireachta na Naitsithe a tharraingt anuas agus é ag trácht ar na Slavaigh mar sclábhaithe nádúrtha, ba mhinic a bhí sé ag teacht salach air féin agus é ag tagairt dóibh mar "náisiúin bheaga agus iad fágtha faoi chrann smola ag an Rúiseach".

Maidir leis an tSlaivéin, áfach, ní raibh mórán cur amach ag Daideo uirthi riamh, ná bá aige lena muintir. Níor chuala aon duine iomrá uirthi. Go bunúsach, tír bheag a bhí inti san áit a dtagann an tSeicshlovaic, an

An tAthair Mór agus na Slavaigh

Pholainn agus an Ghearmáin lena chéile, agus teanga Shlavach á labhairt ansin, mar a thuigfeá as ainm na tíre féin. Is dual don tír aineoil fiosrúlacht a spreagadh, áfach, agus mar sin, ní fhéadfadh an garmhac dearmad a dhéanamh d'ainm na tíre sin.

An tSlaivéin.

Is minic a ligtear an tSlaivéin i ndearmad, dingthe idir tíortha is mó clú (agus míchlú) ná í mar atá sí ar mhapa na hEorpa. Mar sin féin is fiú cuairt a thabhairt ar an tír bheag seo ar a son féin. Cosúil lena lán tíortha agus tailte eile in Oirthear na hEorpa thit sí le rítheaghlach Hapsburg, agus is furasta an oidhreacht ó Dhémhonarcacht na Danóibe a aithint ar ailtireacht agus ar chócaireacht na Slaivéine araon. Is féidir teacht ar thithe caife i bpríomhchathair na tíre sin nach n-aithneofá ó na cinn is aithnidiúla i Vín féin…

—An tÚll Órga i gCroílár na hEorpa
treoirleabhar a d'fhoilsigh Údarás Turasóireachta
na Slaivéine i dtús na nóchaidí

D'fhoghlaim an garmhac Sualainnis ar scoil, agus gá aige leis, ó ba í sin teanga dhúchais a athar. Is beag páirt a rinne an t-athair ina shaol riamh, ach lá de na laethanta, nuair a bhí an mac ina dhéagóir óg, tháinig sé ar cuairt, mar ba ghnách leis a dhéanamh ó am go ham, uair in aghaidh na coicíse nó mar sin, agus cúpla leabhar Sualainnise leis. Theastaigh uaidh iad a thabhairt mar bhronntanas dá mhac, ó bhí sé inbharúla gur léitheoireacht mhaith léannta a bhí iontu a chuideodh leis an stócach a chuid den teanga a thabhairt chun feabhais. Seanstoc ó Leabharlann an Bhardais a bhí iontu a díoladh ar sciúrtóg bheag le háit a fháil do na leabhair nua, agus cuma chomh nua-chlóbhuailte

5

orthu is gur léir nár tharraing aon duine den tseilf iad riamh.

Mar sin féin, ní bhfuair mo dhuine óna chroí tabhartas an athar a chur ó dhoras. Bhí dúil nimhe aige sa léitheoireacht, agus é admhálach go rachadh na leabhair chun leasa dó sna ceachtanna Sualainnise. Rud eile fós léigh sé ar bhlurba an chéad leabhar acu gur Slaivéanach a bhí sa scríbhneoir, Arnošt Vitk, agus é ag tabhairt cur síos ar bhlianta a óige sa tír sin. An dara leabhar ba úrscéal leis an bhfear céanna é inar inis sé faoin dóigh ar ghabh na Cumannaigh cumhacht sa tír i ndeireadh an chogaidh le cuidiú ó na trúpaí Sóivéadacha nár fhág an tSlaivéin riamh i ndiaidh dóibh ruaig a chur ar na Gearmánaigh. Agus an tríú ceann acu ba é stair na Slaivéine san fhichiú haois é, mar a chuaigh a himeachtaí i bhfeidhm ar Vitk féin. Stair choscartha dhrámatúil a bhí ann, ná samhlaigh a mhalairt.

2

An Buachaill Óg
agus an tUileloscadh

Nuair a bhí an trí leabhar críochnaithe ag mo dhuine, chonacthas dó go raibh dúshraith an domhain ag bogadh faoina chosa. Na carachtair a bhfuair sé aithne orthu anois, ní raibh a fhios aige a leithéidí a bheith ann ar aon nós roimhe seo, tar éis is go raibh an dúspéis aige sa stair. Ba é an rud ba mhó a bhain geit as an léitheoir ná an dóigh ar threascair an Dara Cogadh Domhanda gach a raibh ann roimhe sin. Sna fichidí agus sna tríochaidí, bhí saol sona sásta suaimhneach ag Vitk agus a chuid cairde—scríbhneoirí, filí agus ealaíontóirí na Slaivéine—i dtithe caife na príomhchathrach, Bjela Voda. Ar ndóigh chonaic siad go raibh cuma bhagrach ag teacht ar an bpolaitíocht idirnáisiúnta, nuair a bhí Hitler agus Stailín ag crá a gcuid géillsineach, ach i ndiaidh an iomláin ní raibh a dhath ar bith den chineál sin ag titim amach sa tSlaivéin. D'fhéadfá a bheith ina mhuinín nár bhaol duit go dtitfeadh, ach an oiread...

An Buachaill Óg agus an tUileloscadh

Chomh clóite cleachta is atá tú le do ghnáthshaol, an rithfeadh leat choíche chomh sobhriste agus atá sé? Ar samhlaíodh duit riamh go bhfeicfeá trúpaí ó mhórchumhacht choimhthíoch ag geataí do chathrach féin, nó más faoin tuath atá cónaí ort, tancanna troma ag rolladh trasna do chuid páirceanna, agus dá rachfá ag déanamh do ghearáin le tiománaí an chéad cheann acu faoin dochar a bheadh á dhéanamh do do chuid barraí, go gcriathrófaí le piléir thú sula mbeadh d'uain agat d'abairt a chríochnú? Go dtosódh tuathghríosóir mire ag éileamh go gcuirfí saoránaigh mheasúla chun báis toisc go raibh baint ag tuismitheoirí a dtuismitheoirí le creideamh mionlaigh, agus go bhfaigheadh an bolscaire gránna sin tacaíocht ó shaoránaigh mheasúla eile nach dtabharfadh in amhail féin roimhe sin an dlí is neafaisí ar leabhar na reacht a bhriseadh? Go mbeifeá ag baint lán do shúl as cailín óg tuaithe agus í ag trasnú na sráide ar a socairshuaimhneas—agus go mbeadh sí roiste réabtha, stróicthe sractha as a chéile ag buama an tsoicind ina dhiaidh sin?

—Arnošt Vitk: *An Eoraip a d'Imigh
agus Nach dTiocfaidh a Leithéid Eile*
Foilsitheoirí an Tí Liteartha
Maisons-Laffitte, an Fhrainc 1963

Nó an bhféadfá? Scríobh Vitk gur tholg a thír féin an dá bhaictéar, an Cumannachas agus an Naitsíochas, agus síocháin na sochaí ag dul chun donais dá réir. Bhí na Cumannaigh ag rith damhsa sna sráideanna ag éileamh dheachtóireacht na bprólatáireach, agus "An Cumann Cosanta Náisiúnta," NOS, *Narodny Ochronćy Svjazk*, mar a bhaist an páirtí áitiúil Faisisteach air féin, ag fógairt "athbhreith an náisiúin" faoi bhratach a raibh siombail bharrúil ghéaruilleach uirthi. Is é an chéad tátal a bhain Vitk as an suaitheantas sin gur compás comhréireach nó rannadóir a bhí ann, nó uirlis

9

siúinéireachta de chineál éigin eile b'fhéidir, ach is é an tuairim a bhí ag lucht leanúna an pháirtí féin gur lámh ridire a bhí ann ag bagairt an chlaímh ar lucht an ionraidh ón Oirthear—na Giúdaigh nó na Rúisigh, de réir chosúlachta. Scéal eile ar fad é gur don Ghearmánach a sheas íomhá an ridire riamh in íocónagrafaíocht náisiúnta na Slaivéine, agus ar ndóigh ba é an drochamhras ba réidhe a thiocfadh ort go raibh lucht an NOS chomh doirte don Ghearmáin agus do Hitler is nach raibh aird ar bith acu ar shainleas a dtíre dúchais féin má bhí sé ag teacht salach ar chuspóirí na Naitsithe.

Maidir leis na filí agus na scríbhneoirí a thagadh go Café Panslavia ó na fichidí i leith, a d'inis Vitk, chuaigh cuid mhór acu le ceann den dá idé-eolaíocht ollsmachtúil. Níor fágadh den tseanchiorcal cairde ach é féin, Mjercin Domaśk agus David Smolarsky. Seanfhear a bhí in Domaśk agus é ina shíochánaí reiligiúnach go smior, cé go scríobhadh sé scéalta earótacha a bhaineadh geit as lucht na fimíneachta go mionmhinic. An dóigh a raibh cuma an chogaidh ag teacht ar an saol timpeall chuaigh sé go mór i gcion ar an seanscríbhneoir agus é ag tabhairt an iomarca teasghrá don bhiotáille faoi thionchar a chuid smaointí duairce i leith thodhchaí na tíre agus na hEorpa go léir. David Smolarsky, arís, is éard a bhí ann ná file greannmhar nár theip an focal gonta riamh air, rud a bhí le haithint ina chuid scríbhinní fosta. Ag Dia an tSean-Tiomna a bhí a fhios conas a choinnigh sé greim ar a stuaim agus ar a shíor-dhea-ghiúmar, nó Giúdach a bhí ann agus a chuid dánta ar maos le tagairtí do ghnéithe de chultúr na nGiúdach, an creideamh san áireamh, cé go

ndeachaigh seisean le saoltacht, mar dhuine ann féin.
Nuair a shealbhódh saighdiúirí na Gearmáine an tír,
mar a tuigeadh do Vitk agus don fhear féin, chuirfí
chun báis é chomh túisce is a ghabhfadh an *Gestapo* é.

Agus ba léir do chách go dtiocfadh na Gearmánaigh,
chomh luath a bheadh meaisín an chogaidh i ngléas ag
Hitler agus bealadh curtha faoi gach roth fiaclach aige.
Murar chuala an saol mór iomrá ar an tSlaivéin bheag
bhocht riamh, bhí aithne mhaith ag Hitler ar bhunadh
na tíre seo, dar leis féin ar a laghad. Nuair a tháinig ann
dó i gcúlriasca Uachtar na hOstaire, d'fhoghlaim sé óna
mhuintir gur daoine róphostúla a bhí sna Slaivéanaigh,
ó bhí sé d'uabhar iontu a dteanga féin a labhairt in
éisteacht na nGearmáiniseoirí. Uaireanta chaithidís súil
i do threo agus iad ag siosarnaigh is ag sciotaíl le chéile,
díreach mar a bheidís ag spochadh fút toisc nach raibh
a gcanúint agat, nó fiú ag socrú le chéile do sceadamán
a ghearradh an chéad oíche eile—dar le Hitler. A
mhalairt de dhearcadh a bhí ag an lucht rialtais, áfach.
Thabhaigh a ndílseacht is a ndúthracht clú do na
Slaivéanaigh ó Mhonarc na hOstaire is na hUngáire
féin, agus b'iomaí duine acu ar éirigh go gleoite leis i
státseirbhís na hImpireachta. Mar Ghearmáiniseoir óg
ón tuath dhubh dhuairc, bhí Hitler inbharúla go raibh
lucht a chomhdhúchais faoi dhímheas san Impireacht
agus an tImpire féin ag tabhairt na tíre chun Slavachais,
ó bhí sé chomh fonnmhar sin ceapacháin agus céimí-
ochtaí a roinnt ar na Slaivéanaigh agus ar na Seicigh.
Bhí Slaivéinis le cloisteáil go minic i Vín féin, príomh-
chathair na hOstaire Impiriúla, agus tionchar nár
bheag ag lucht a labhartha ar an bpolaitíocht áitiúil, rud
a chuir leis an seanbhlas a bhí ag an ábhar deachtóra ar

an gcathair ilnáisiúnta ilchultúrtha ilteangach sin. Is minic a chuala Hitler ardmhéara na cathrach Karl Lueger ag caitheamh anuas ar na Slaivéanaigh, ach ós polaiteoir cliste ionramhálach a bhí ann, ní raibh sé riamh ach ag giúmaráil na nGearmáiniseoirí leis an íde bhéil sin, agus é breá sásta a chuid margaí a shocrú faoi choim le maithe agus móruaisle an phobail áitiúil Shlaivéanaigh. Nior thuig Hitler an taobh sin den scéal riamh, áfach.

Nuair a bhain na Slaivéanaigh amach a neamh-spleáchas i ndeireadh an Chéad Chogadh Domhanda, dúirt Hitler nach raibh ann ach stát mille maide a bhainfí de dhroim an tsaoil chomh luath in Éirinn agus ab fhéidir. Agus faraoir géar chuir sé beart lena bhriathar. Nuair a bhí an Pholainn cloíte i dtús an chogaidh, ní raibh moill ar bith ar an *Wehrmacht* an tír bheag bhídeach ina haice a ghabháil. Thosaigh na heitleáin Ghearmánacha ag caitheamh buamaí ar Bjela Voda sula raibh d'am ag lucht na cosanta sibhialta na bonnáin aláraim a shéideadh. Bhí Vitk féin ag ól a chuid caife agus coinneac i gCafé Panslavia nuair a thit an chéad bhuama in aice an fhoirgnimh, agus cailín óg trí bliana déag d'aois díreach ag dul trasna na sráide uaidh. Cé go raibh an scríbhneoir sách cóngarach do bhall sprice an bhuama, tháinig sé réasúnta slán, nó níor chaill sé ach éisteacht a chluas, agus fuair sé í féin ar ais de réir a chéile. Ba í an treascairt anama ba mhó a ghoill air, nó stróic an buama an cailín bocht as a chéile, agus nuair a tháinig Vitk chuige féin i ndiaidh an néil a bhuail an phléasc ann ba é an chéad rud a chonaic sé ná cloigeann fuilteach na girsí a bhí in éis titim ar chuntar seirbhíse an chaife. Ní dhearna sé dearmad den radharc seo riamh, agus ba mhinic a luadh sé ina chuid dánta agus scríbhinní eile ina dhiaidh sin é.

Níorbh é sin an t-aon anbhás a chonaic Vitk le súile a chinn féin i mblianta na forghabhála Gearmánaí, mo léan géar. Tháinig na truipéirí ruathair—an SS—agus na póilíní rúnda—an Gestapo—sna sálaí ag saighdiúirí an Wehrmacht. Bhí na saighdiúirí féin cruálach go leor ag tabhairt íde do na "leathdhaoine Slavacha", mar a thugaidís ar mhuintir na Slaivéine, ar ndóigh. I ndiaidh dóibh seilbh a ghlacadh ar an bpríomhchathair, a d'inis Vitk, d'fheicfeá corrghirseach ina luí sínte marbh ar an tsráid. Rith leis na Gearmánaigh ó am go ham cailín a ghabháil is a éigniú, fear i ndiaidh a chéile, agus nuair a bhain siad deireadh a suilt aisti ba nós leo í a mharú leis an mbaignéad. Chuaigh níochán inchinne na bolscaireachta i bhfeidhm ar a lán saighdiúirí Gearmánacha agus iad ag síleadh nach daoine daonna a bhí sna Slaivéanaigh, ionas nach raibh siad ag iarraidh cloí le rialacha na cogaíochta sibhialta ar aon nós a thuilleadh. Ach mar sin féin bhí an chuid eile sin, saighdiúirí polaitiúla an Naitsíochais, i bhfad ní ba mheasa fós.

Bhí na gnáthshaighdiúirí ag éigniú cailíní, ag gadaíocht agus ag creachadh rompu ó bhí cead a gcos acu, ach ón taobh eile de, ní raibh sa chuid ba mhó acu ach buachaillí comónta nach ndeachaigh olcas an Naitsíochais greamaithe go smior iontu riamh. A lán de na hoifigigh bhí sórt onóra fágtha iontu agus iad ag iarraidh a gcuid fear a stopadh ón mioscais mhillteanach seo. Maidir leis na truipéirí ruathair agus na póilíní polaitiúla, áfach, bhí plean acu agus iad meáite dírithe ar é a chomhlíonadh, is é sin, náisiún na Slaivéine a dhícheannadh. Thosaigh siad ag locadh ealaíontóirí agus intleachtóirí le hiad a mharú scun scan, agus uaireanta d'fhágfaidís na corpáin i lár na sráide. Sin mar a fuair Mjercin Domaśk bás, an fear bocht. Cé go raibh sé an-mhór leis an bhfear, ní dheachaigh Vitk ar an tsochraid, nó bhí sé ródhainséarach. Nuair a bhí an tóir á cur ar intleachtóirí mór le rá na Slaivéine, b'fhearr dó gan súil na nGearmánach a tharraingt air féin.

Nuair a thosaigh an tUileloscadh i gceart ba é an rud ba mhó a ghoill orm ná an t-athrú cuma a tháinig ar mo chuid comharsan, ar Chríostaithe Slaivéanacha iad. Daoine ab ea iad a raibh aithne agam ar a mbunús ó laethanta mo chéad óige anuas. Ba chuma nó vaits leo mé a bheith i mo Ghiúdach nuair a bhí muid ag súgradh ar shráideanna na cathrach inár mbuachaillí beaga dúinn. Cuid acu ba é an tuiscint a bhí acu ar choincheap an Ghiúdachais féin nach raibh ann ach seict Chríostaí eile. Fiú nuair a ghluais na trúpaí Gearmánacha isteach bhí muidne, Giúdaigh na Slaivéine, dóchasach as ár gcuid comharsan, go bhfanfaidís dílis dúinn i bhfianaise na bagartha seo. Chreid muid go raibh siad in aon chruachás linn féin, go bhféadfaimis bheith i muinín a chéile. Ach faraor géar ní mar a shíltear a bhítear.

Nílim a rá gur lig gach uile dhuine acu síos sinn. Iad siúd nár loic níorbh iadsan na cairde ab ansa linn nuair a bhí ina shíocháin. Daoine a bhí iontu a raibh ceart agus cothrom Féinne ina ndúchas, daoine a fuair tú cineál rócheartaiseach nuair nach raibh tú ag brath orthu le teacht slán ó na Naitsithe. Míle buíochas le Dia go raibh a leithéidí ann nuair ba ghéire a theastaigh. Ní dhéanfaidh mé dearmad choíche den dóigh ar thréig ár gcuid dlúthchairde (mar dhea) sinn nuair a tuigeadh

An Buachaill Óg agus an tUileloscadh

dóibh cad é ba bhrí agus cad é ab impleacht don fhocal
sin "Giúdach" nuair a bhí na Gearmánaigh i réim.
—Jozef Grynbojm: *Dorchadas na Mílaoise:*
Cuimhní Cinn an Stadhnóra
Am Oved, Tel Aviv 1972

Chuir muintir na Slaivéine cor in aghaidh an chaim,
áfach. Lá de na laethanta d'aithin Vitk trí litir ar an
mballa agus é ag teacht abhaile le clapsholas: *TRS*.
Sheas na litreacha sin do na Fórsaí Armtha Rúnda,
Tajne Ratne Siły, an chéad ghluaiseacht frithbheartaí-
ochta a tháinig ar an bhfód leis na Gearmánaigh a
throid, agus chuaigh a gcuid nathanna bolscaireachta
chun leitheadúlachta ar na ballaí ina dhiaidh sin. Na
filí agus na scríbhneoirí a bhí fágtha ina mbeatha ní
raibh siad i bhfad á thuiscint nach raibh de rogha acu
ach dul le cúis na bhFórsaí Armtha Rúnda agus cogadh
pinn a chur ar na Gearmánaigh.

Ceann de na rudaí ba mhó a chuaigh i gcion ar Vitk
san am sin ná chomh nádúrtha is a chaith na filí
Slaivéanacha a gcuid ciniciúlachta agus goineadóir-
eachta díobh agus iad ag tosú is ag cumadh dánta
tírghráúla le haghaidh bholscaireacht na dtreall-
chogaithe. Cuid acu ar ndóigh ní raibh iontu riamh ach
haiceanna a bhí sásta an peann a ligean ar léas don
chúis ba mhó brabúis, nó—i mblianta an chogaidh—do
na treallchogaithe a bhí sásta an file a chosaint ar
philéar mharfach an Ghearmánaigh. Bhí daoine eile
ann áfach ar mhuscail éigeandáil ghéar na tíre dúchais
an fíor-thírghráthóir iontu. Duine acu siúd a bhí i
Smolarsky.

Ba é Smolarsky a d'earcaigh Vitk le haghaidh na
frithbheartaíochta dála an scéil. Fuair Vitk riachtanach

dul ar a sheachnadh ó na Gearmánaigh nuair a
thosaigh siad ag géarleanúint a leithéidí i ndáiríre, agus
ní raibh sé i bhfad ag teacht i dteagmháil le gluaiseacht
na troda—ní raibh an dara rogha ann agus é sáite i saol
na dtithe sábháilte agus na bpluaiseanna rúnda. Bhí
aithne aige ar dhuine iontaofa a raibh aithne aige ar
dhuine iontaofa eile, agus mar sin. I measc na ndaoine
iontaofa seo a casadh Smolarsky air arís. Ní aithneodh
Vitk a sheanchara ach go bé gur shloinn sé é féin dó.
Chuir sé craiceann de idir an dá linn, d'fhéadfá a rá.
Bhí sé iompaithe ina oifigeach de chuid na
frithbheartaíochta agus é á chur féin faoi lámhach na
ngunnaí Gearmánacha ó am go ham, ach ós file mór le
rá den chineál thíriúil a bhí ann bhí ról tábhachtach
aige in obair bholscaireachta na dtreallchogaithe
freisin.

Bhí na treallchogaithe ag foilsiú roinnt nuachtán dá
gcuid féin. Go bunúsach, rinne siad a ndicheall an chuid
ab fhearr de na nuachtáin réamhchogaidh a choinneáil
ag imeacht, ionas go n-aithneodh na gnáthléitheoirí ar
a gcosúlacht is ar a stíl iad. Cuid mhór de na heagar-
thóirí bhí siad marbh ag na Gearmánaigh cheana féin,
ach d'éirigh leis an ngluaiseacht frithbheartaíochta a
lán nuachtán a athbheochan faoi stiúir a raibh fágtha
den tseanfhoireann. Ní chuirfidís a n-ainmneacha leis
na nuachtáin, ach mar sin féin, d'fhágfaidís leideanna
foclaíochta don eolach ar leor dó nod. Cuid den
chogaíocht shíceolaíoch a bhí ann. Chaithfeadh na
daoine a fhoghlaim nach raibh sna Gearmánaigh ach
drong ciontóirí a bhí tar éis an tír a shealbhú, go raibh
an tsean-Slaivéin beo i gcónaí faoi choim, agus go

dtiocfadh sí ar a seanléim arís an lá faoi dheireadh, nuair a chuirfí ruaigeadh ar na forghabhálaithe.

De réir mar a d'ordaigh Smolarsky dó thosaigh Vitk ag scríobh altanna do *Ćasnik Bjeleje Vody*, nuachtán mór na príomhchathrach. Eisean a tharraing súil na léitheoirí ar an Uileloscadh an chéad uair—nó sin é an scéal a bhí aige féin ar a laghad—leis an ngné-alt faoin teideal "Tá ár gcuid Giúdach ag imeacht, cá bhfuil a dtriall?" Bhí doiciméadú cuimsitheach in aice láimhe aige a thug le fios céard a bhí ag titim amach: go raibh na Giúdaigh á dtabhairt soir ó thuaidh go dtí an Pholainn agus iad le tachtadh sna seomraí gáis thall ansin. San alt sin d'achoimrigh sé ábhar na ndoiciméad agus é ag áitiú ar na léitheoirí gurbh é an bás a bheadh i ndán do na Giúdaigh sa Pholainn, an drae rud eile.

Faoin am sin bhí luaidreáin ag imeacht i mBjela Voda nach raibh i gceist ag na Gearmánaigh ach na Giúdaigh a athlonnú i gcoilíneachtaí oibre, áit a bhféadfadh gach uile dhuine acu a bheatha a shaothrú i mbun a cheirde féin. Chluinfeá, fiú, na focail *Arbeit macht frei*, "is í an obair a shaorfas ó bhráca," á n-aithris ag na Giúdaigh féin—na focail a d'fheicfeá os cionn gheataí na gcampaí gáis agus báis. Nach leid a bhí ann a dúirt go bhféadfaidís iad féin a tharrtháil ach iad bheith sásta obair a dhéanamh do na Gearmánaigh? Cuid mhór de na Giúdaigh a bhí ar a seachnadh i dtithe sábháilte na Frithbheartaíochta bhí siad ar tí sláinte a n-intinne a chailleadh faoi strus na bhfolachán, agus iad ag déanamh go mbeadh sé chomh maith acu iad féin a chur in iúl do na póilíní Gearmánacha. Nuair a bhí alt Vitk léite acu, tuigeadh dóibh gurbh é biseach an bháis

an t-aon bhiseach a bheadh i ndán don té a ghéillfeadh
do na cathuithe sin.

Chuir an t-alt sin sracadh nua sna Giúdaigh fosta. Ó
thuig siad nach raibh de rogha acu ach cath a chur ar na
Gearmánaigh cuma chomh dochloíte is a bhí siad siúd
ag breathnú—nach raibh de rogha acu, go bunúsach,
ach bás an ghiorria sna seomraí gáis nó bás an
tsaighdiúra i machaire an áir—chruthaigh siad idir
chróga agus chruálach ag troid. Bhí cuid mhór acu tar
éis a lán daoine muinteartha a chailleadh cheana féin
de réir is mar a bhí na Naitsithe á locadh, agus ní raibh
a dhath fágtha acu ar an saol seo ach buille an díoltais
a bhualadh. Scríobh Vitk gur minic a rinne sé iontas
den chuntanós ba dual dóibh. Bhí siad dian dásachtach
ag faire ar an mbás, agus éirí in airde aisteach iontu. Ní
bhainfeadh aon rud saolta geit astu a thuilleadh.

Ní féidir leat an saibhreas daonnachta a shamhlú arbh
é saol Giúdach na Slaivéine é sna blianta roimh an
gcogadh. Bhí lucht na bhféasóg mór ann agus iad ag
cloí go mionchruinn le dlíthe an chreidimh. Bhí an
mheánaicme chomhshamhlaithe ann agus iad ag déan-
amh aithrise ar nósanna na Slaivéanach, ag iarraidh
aithne na Giúdaise a chroitheadh dá gcuid Slaivéinise.
Bhí na healaíontóirí ann, na scríbhneoirí agus na
hamharclannaithe, an dream úd a chuaigh i mbun pinn
lena chruthú dá muintir féin agus do na Críostaithe
Slaivéanacha araon go raibh siad ábalta teanga
dhúchais na tíre úrfhuascailte a láimhseáil go snoite agus
ardú meanman is corraí croí a chur ar a gcuid léitheoirí,
nó ar an lucht féachana os comhair an stáitse. Bhí na
Cumannaigh ann ar theastaigh uathu an tír a chur trí
Ifreann le Parthas a bhaint amach don lucht oibre. Bhí
na Siónaigh ann agus iad ag bailiú airgid le seantír nua
a bhunú dá gcine.

An Buachaill Óg agus an tUileloscadh

Priosma a bhí i ngach mac máthar agus iníon athar acu a thaispeáin a chuid féin de speictream mór na saoltaithí daonna. Agus ansin shocraigh fear buile i dtír eile gurbh é a gcreideamh—nó creideamh a sinsear—eochair a gcinniúna agus coir a gcrochta. Ba chuma faoi shuáilcí agus faoi dhuáilcí gach duine aonair acu. Giúdaigh a bhí iontu agus sin a raibh de. Tháinig amhais faoi shainéide ar a lorg le príosúnaigh a dhéanamh díobh, le hiad a dhúnadh i seomraí aerdhíonacha agus le hiad a thachtadh le gás nimhe. Ba chuma faoi ainm gach duine acu, faoi eachtraí agus éachtaí a shaoil. Níor fágadh díobh ach moll millteanach de chorpáin nochta.

—Arnoŝt Vitk: *An Eoraip a d'Imigh agus Nach dTiocfaidh a Leithéid Eile* Foilsitheoirí an Tí Liteartha Maisons-Laffitte, an Fhrainc 1963

An dóigh a ndeachaigh na Caitlicigh, na Protastúnaigh agus na Giúdaigh le chéile agus an cogadh ag druidim chun deiridh spreag sé Vitk chun dánta a chumadh don chineál tíre a bheadh sa tSlaivéin i ndiaidh an chatha dheireanaigh. Pé seanfhaltanas a bhí idir lucht an trí chreideamh roimhe sin bheadh sé síobtha ar shiúl, nó dhófadh tine an chogaidh é. Sin é an chuma a bhí ar na cúrsaí, agus sin é an dóchas a bhí ag cur bachlóga i gcroí an scríbhneora. An fháilte a d'fhear na treallchogaithe roimh a chuid véarsaí chruthaigh sé go raibh a mhéar ar chúisle an ama agus é á scríobh.

3
An Cath Mór agus an Feillbheart Mór

A Lucht Oibre na Slaivéine! Seo é lá bhur bhfuascailte! Fearaigí fáilte roimh na saighdiúirí Sóivéadacha a tháinig chun tarrthála daoibh! Nuair a ghabh díormaí brúidiúla na Gearmáine an tSlaivéin dhorchaigh na spéartha os cionn na tíre. Chaith muintir dhochloíte na Slaivéine na blianta fada faoi bhráca bhradach na bhFaisisteach. Sciob lámh thapaidh an ghadaí Ghearmánaigh uaibh gach a raibh agaibh. Níor fágadh agaibh ach aon rud amháin: an dóchas a bhí agaibh as fuascailteoir na bprólatáireach, as cara na náisiún go léir—as an gComrádaí Stailín. Is é an Comrádaí Stailín a d'ordaigh do shaighdiúirí Arm Dearg an Lucht Oibre agus na Scológ greim an ghadaí a scaoileadh de scornach na Slaivéine. Is é an Comrádaí Stailín a stiúir lámh an ghéaraimsitheora, is é an Comrádaí Stailín a dhírigh an raidhfil ar bhíobha bunaidh an tSlaivéanaigh, ar bhíobha bunaidh na Slavach go léir. Go maire an Comrádaí Stailín, Cosantóir an Lucht Oibre!

—Billeog bolscaireachta Slaivéinise
a bhí á scaipeadh ag Arm an Aontais
Shóivéadaigh sa bhliain 1944

21

An tSlaivéin

Agus ansin thosaigh an cath mór. Bhí na Sóivéad-aigh ag teannadh isteach anoir, agus na Gear-mánaigh ag teitheadh lena n-anam. Ní chreidfeadh aon duine nárbh é seo maidneachan na saoirse. Ar ndóigh bhí eagla áirithe ar lucht na Frithbheartaíochta roimh na Rúisigh. Chuala siad go raibh dornán dídeanaithe Cumannacha tar éis sórt rialtas nó coiste réamhrialtais, *SSR* nó *Slavjenska Slobodna Rada*, "Comhairle Saoirse na Slaivéine," a bhunú san Aontas Sóivéadach, agus tacaíocht acu ó Stailín, ní nárbh ionadh. Ar ndóigh níor iarr siad ar na dreamanna polaitiúla sa tSlaivéin féin riamh ionadaithe dá gcuidsan a ainmniú don rialtas sin. Comhairle Chumannach a bhí ann amach is amach. Ní bheadh na Sóivéadaigh i bhfad ag treascairt na nGear-mánach agus iad ag máirseáil isteach sa tír, ach ba léir go gcuirfidís an Chomhairle sin i mbun an náisiúin gan na páirtithe eile a cheadú, agus sa deireadh bheadh an tSlaivéin faoina smacht mar a bheadh calchas ann.

Mar sin, chaithfeadh na treallchogaithe dul sa seans: thriailfidís na Gearmánaigh a ruaigeadh ar a gconlán féin sula dtiocfadh na Sóivéadaigh. D'éirigh siad amach in aghaidh na bhforghabhálaithe, agus iad ag cur catha orthu sna sráideanna, sna machairí agus sna sléibhte, ag caitheamh buamaí ina dtreo, ag bagairt míle murdar orthu sna billeoga bolscaireachta, ag lámhach agus ag sabaitéireacht. Phléasc buama de chuid na dtreall-chogaithe i gclub eisiach na n-oifigeach Gearmánach i lár Bjela Voda, agus maraíodh fiche éigin duine acu. Bhí an chuma ag teacht ar an scéal go raibh an tóin ag titim as córas riaracháin na bhforghabhálaithe. Tháinig polaiteoirí na bpáirtithe éagsúla Slaivéanacha le chéile i Vojercy, cathair bheag in aice le teorainn na Seicslóvaice, le státchóras na tíre i ndiaidh an chogaidh a dhréachtáil. Bhí na focail *Vojerecký Kongres*, "comhdháil Vojercý" i mbéal na ndaoine, agus iad ag síleadh go raibh an chomhdháil sin le dul i dtáin na staire Slaivéanaí.

Ní raibh gar ann áfach. Nuair a bhí na cathanna díreach ag dul i ngéire tháinig na díormaí Rúiseacha isteach. Ar ndóigh níor thóg sé mórán ama orthu na Gearmánaigh a chloí, ach sa bhreis air sin, rinne siad an rud ab eagal leis an bhFrithbheartaíocht, is é sin, chuir siad an Chomhairle s'acu ag rialú na tíre, agus iad ag caitheamh leis na treallchogaithe mar a bheadh naimhde iontu. Cuireadh Faisisteachas agus comhoibriú leis na Naitsithe ina leith i mbolscaireacht Chumannach, agus sheas siad an dlí i gcúirteanna bradacha na Sóivéadach. Is iomaí duine de na treallchogaithe a cuireadh chun báis. Chuaigh Smolarský i dtóin phríosúin, agus shíothlaigh sé in oileánra na gcampaí géibhinn sa tSibéir. Maidir le Vitk féin, thaobhaigh sé leis na Cumannaigh ar feadh tamaill le seans a fháil ar an tír a thréigean. Ceapadh ina *attaché* cultúrtha é d'Ambasáid na Slaivéine i bPáras, agus chaith sé roinnt blianta ina thaidhleoir le hiontaoibh na gCumannach a thabhú dó féin. Sa deireadh fuair sé cead a chos sa chathair, gan aon duine ó na seirbhísí rúnda a bheith ag coinneáil súile air, agus ansin d'imigh sé leis agus lorg sé tearmann polaitiúil ó Phoblacht na Fraince.

Fuair sé dídean ceart go leor, ach is ar éigean a d'fhéadfá a rá gur fhear pobal Slaivéanach na tíre sin mórán fáilte roimhe. Ní raibh muinín acu as aon duine a raibh seal caite aige ag comhoibriú leis an rialtas

Cumannach, agus chuir preas Slaivéinise na Fraince i
leith mo dhuine nach raibh ann ach spiaire agus
insíothlóir de chuid na rúnseirbhísí Soivéadacha. De
réir a chéile, tháinig athrú air sin agus sa deireadh bhí
sé ina ghnáthscríbhneoir aistí ag a lán irisí de chuid na
n-eisimirceach, ach an chéad am a chaith sé ar deoraí-
ocht bhí sé ar an imeall ar fad ina saol siúd.

Chuaigh an scéal seo chomh mór i bhfeidhm ar an
stócach óg gur chaith sé roinnt laethanta ag déanamh a
mharana air. Roimhe sin féin bhí a fhios aige go teibí
teoiriciúil an cruachás ina raibh tíortha Oirthear na
hEorpa. Anois, áfach, fuair sé amach faoin dóigh a
ndeachaigh na himeachtaí sin i bhfeidhm ar dhuine de
mhuintir na dtíortha sin féin, rud a chuir baspairt air ó
ghearradh go diúra. Ba é an rud ba mhó a ghoill air ná
an feillbheart a d'imir na Sóivéadaigh ar na Slaivéan-
aigh, agus iad ag bású daoine a chur cath ar son a dtíre
féin in aghaidh na nGearmánach.

Níl sa méid seo ach cnámha loma na fírinne: chaith an
tAontas Sóivéadach linn mar a bheadh naimhde cloíte
ionainn, beag beann ar fad ar an tseafóid faoi chair-
deas na náisiún Slavach a bhí le cloisteáil ar fud na
cathrach i ndiaidh do na saighdiúirí callaire bolscair-
eachta a fheistiú de gach aon chrann solais. Cimíodh fir
agus mná nach raibh amhras ar bith faoina ndintiúirí
frith-Naitsíocha. Cuireadh laochra frithbheartaíochta
chun báis, agus comhoibriú leis na Naitsithe á chur ina
leith. Bhíodh saighdiúirí óltacha Rúiseacha amuigh sna
sráideanna ag tóraíocht cailíní agus iad ag éigniú is ag
marú rompu mar a bheadh foghlaithe mara iontu. Iad
siúd a rinne iarracht na himeachtaí seo a chur i míotar
agus a dhoiciméadú chuaigh ceal sa chuid is mó acu.
Na hoifigigh Rúiseacha a d'fhéach leis na sibhialtaigh

24

An Cath Mór agus an Feillbheart Mór

áitiúla a chosaint ar an anord seo caitheadh i dtóin
phríosúin iad.

—*Leabhar Dubh na Slaivéine,*
tuarascáil ó Choiste Comhchosanta na Slaivéanach
sa Ríocht Aontaithe, Londain/Learpholl/
Dún Éideann/Caerdydd/Béal Feirste 1949.

Faoin am sin bhí athair mór an bhuachalla ag
déanamh créafóige le cúpla bliain anuas, nó chuaigh sé
go dtí an phríomhchathair le cothrom lae bhunaithe na
parlaiminte a cheiliúradh, agus nuair a tháinig sé ar ais,
bhí sé tar éis niúmóine a tholgadh, galar a rinne a
chabhóg i rith seachtaine. An tírghrá a d'fhoghlaim
Adam ón seanfhear, thosaigh sé á cheistiú anois, i
ndiaidh dó saothar Vitk a léamh. Go bunúsach, chuaigh
sé chun ceannairce ar Dhaideo in íochtar a chroí. Go lá
a bháis ba nós le Daideo a áitiú ar mo dhuine gur
tháinig an tír slán as an gcogadh toisc go raibh a cuid
saighdiúirí sásta fód a ndúchais a chosaint ar na sluaite
Stailíneacha. Ba é an tseachtheachtaireacht a bhí ag an
seanleaid ná nach raibh saighdiúirí na dtíortha
Slavacha leath chomh meáite ar an obair a dhéanamh,
ó bhí gaol teanga nó cine acu leis na Rúisigh. Ghlac an
fear óg masla anois, thar ceann na Slaivéanach.

An t-úrscéal a scríobh Vitk faoi chath éadóchasach
na dtreallchogaithe Slaivéanacha ar na Gearmánaigh
go gairid roimh theacht na Rúiseach bhainfeadh sé
deoir as cloch. Bhí an scríbhneoir ag insint dhá scéal in
aice le chéile. Girseach óg a bhí ina laoch i gceann acu,
cailín a chuaigh sna treallchogaithe agus a fuair bás i
machaire an áir nuair a bhí an cath deireanach
deifnideach á chur ar na Gearmánaigh. Scéal sean-
ollaimh a bhí i gceist leis an bhfophlota eile—de réir a

chéile tháinig an tuiscint ag an léitheoir gurbh é an tOll-
amh seo athair an chailín a maraíodh. Bhí an tOllamh
ag caitheamh a shaoil i mbochtaineacht i ndiaidh an
chogaidh sa tír agus an Páirtí uilechumhachtach
Cumannach i gceannas ar na cúrsaí. Uaireanta, bhíodh
sé ag déanamh a mharana ar chinniúint na hiníne. Ní
raibh a fhios aige go raibh sí ag iompar na bhfód
cheana, nó b'fhéidir go raibh sé ag iarraidh a tásc a chur
ó dhoras. Bhí an fear bocht ag áitiú air féin go raibh sí
ar deoraíocht san Iarthar, nó ina cónaí i gcearn éigin
eile den tSlaivéin faoi ainm bréige, pé rud é ach gan í a
bheith marbh.

Ba iad na focail ba luaithe a rithfeadh leat agus tusa
ag léamh Vitk ná baothlaochas agus baothdhóchas. Ba
dócha gurbh é laochas ár muintire a shábháil sinn, a
Dhaideo—arsa an fear óg le taibhse a athar mhóir—ach
anois, féach ar na Slaivéanaigh agus iad ag déanamh a
ndichill le saoirse a dtíre a chosaint—agus cad é a
d'éirigh dóibh? Chuaigh a gcuid laochais mhíleata ar
neamhní ar fad. Ní raibh gar ar bith ann. Ní raibh i
ndán dóibh a gcath féin a bhuachan. Sa deireadh thiar
thall, ní bheadh ár gcuid saighdiúirí ábalta ár saoirse a
tharrtháil, dá mbeadh imthoscaí polaitiúla eile ann, nó
dá mbeadh Stailín i ndrochghiúmar an lá ar shocraigh
sé todhchaí ár dtíre.

Agus maidir leo siúd a fuair bás de dheasca an
chogaidh anseo, ní raibh iontu tar éis an tsaoil ach
beagán bocht i gcomparáid leis an sceanairt a rinne
máinlia mór na staire den tSlaivéin, dar leis an bhfear
óg. Maraíodh duine as an gceathrar, nó beirt as an
naonúr, rud a bhí ag brath ar an meastachán ab fhearr

leat, ach ba fíric é seo a raibh staraithe an Iarthair agus an Oirthir ar aon fhocal fúithi, a bheag nó a mhór.

4
Lá Oscailte na Súl

Tá sé sábháilte a rá gurbh iad na leabhair sin a rinne a shúile don stócach. Fear mór léitheoireachta a bhí ann ó mhúin a sheanathair na litreacha dó agus é trí bliana d'aois. Ag dul siar ar bhóthar na smaointe dó ní raibh sé in ann cuimhneamh ar an am nach raibh sé in ann ciall a bhaint as an bhfocal scríofa nó clóbhuailte. Mar sin féin, agus é ag léamh scéalta faoi imeachtaí na dtíortha coimhthíocha, ní raibh sé in ann a shamhlú go raibh saol na dtíortha sin chomh réalta réadúil lena shaolsan. Anois, áfach, chomhionannaigh sé é féin go hiomlán le Vitk, lena ndeachaigh Vitk tríd nuair a bhí ina chogadh.

Cén fáth ar fhág na leabhair seo imprisean chomh láidir sin ar an bhfear óg, thar shaothar na scríbhneoirí eile go léir? Ní raibh a fhios aige féin é. B'fhéidir go raibh Vitk in ann a chur in iúl dó chomh sobhriste is a bhí gach a raibh ina thimpeall, chomh furasta is a bheadh sé an bloc trom árasán ina raibh sé ina chónaí a bhascadh is a threascairt le hurchair an ghunna mhóir nó le diúracáin an bhasúca. Nuair a bhí Vitk féin ina fhear óg, ba léir gur chreid seisean, chomh maith

28

céanna, nach bhféadfadh a dhath an saol a raibh sé ina thaithí a chur de dhroim an domhain.

Bhuel ar ndóigh bhí an cogadh teirmeanúicléach domhanda go mór mór i mbéal na ndaoine timpeall an stócaigh, ó bhí an dá bhloc, an dá mhórchumhacht dhomhanda ann i gcónaí, agus iad ag bagairt ar a chéile agus ar an gcine daonna go léir an pláinéad seo againn a chur trí thine ar an tsiocair ba suaraí dá rithfeadh leo. Ach ar bhealach bhí an cogadh núicléach rótheibí mar rud. D'imeofá i do ghal soip i nganfhios duit féin nuair a phléascfadh buama adamhach in aice leat, agus sin a mbeadh ann. Scéal eile ar fad é arm coimhthíoch ag sealbhú do thíre, agus saighdiúirí naimhdeacha ag siúl suas anuas na sráideanna le hurchar a loscadh ar aon duine a mbeadh cuma na míshástachta air.

I ndiaidh dó an mheánscoil a chríochnú chuaigh an stócach go dtí an ollscoil, mar ba dual dó. Ar dtús bhí sé ag iarraidh staidéar éigin a dhéanamh ar cheimic agus ar fhisic, ó bhíodh an-ghrá aige do na brainsí eolaíochta seo ar scoil. Ach le fírinne ba iad na teangacha a fuair an lámh in uachtar air le píosa maith anuas. Is dócha gurbh é Vitk ba chúis leis an athrú aigne seo freisin. Lá de na laethanta chonaic sé i dtreoirleabhar na mac léinn go raibh Slaivéinis á teagasc san ollscoil, agus go bhféadfadh sé í a staidéar mar ábhar breise. I ndiaidh roinnt mhaith ama a chaitheamh idir dhá chomhairle chuir sé a ainm síos don chúrsa agus thosaigh sé ag foghlaim na teanga.

Is í an tSlaivéinis teanga oifigiúil Phoblacht na Slaivéine agus í ó dhúchas ag ceithre mhilliún duine. Teanga í a bhfuil gaol dlúth aici leis an tSeicis, an tSlóvaicis agus an Pholainnis, agus is féidir le lucht labhartha na dteangacha

seo an-adhmad a dhéanamh de chaint na Slaivéanach. Tuigfidh na Seirbigh is na Rúisigh féin cuid mhaith di fosta, má ligtear dóibh dul i dtaithí na bhfuaimeanna.

Ní dhearnadh mórán scríbhneoireachta sa teanga roimh laethanta an Reifirméisin. An beagán atá fágtha againn ón Meánaois níl ann ach gluaiseanna agus ainmneacha dílse. Sa bhliain 1905 thug Mjercin Vilćković, scoláire féincheaptha Slaivéinise le fios gur tháinig sé trasna ar lámhscríbhinn miotaseolaíochta ó laethanta seanársa na Slaivéanach, agus thabhaigh an beart seo an-chlú dó ó na náisiúnaithe fanaiceacha. Cuid de na saothair faoi stair litríochta na Slaivéinise glacann siad an Rukopis Staromodlojsky i ndáiríre i gcónaí, ach le fírinne bhí an lámhscríbhinn ina cnámh spairne ón lá ar chuir Vilćković os comhair an tsaoil í, agus is é breithiúnas na saineolaithe go léir inniu nach raibh sa lámhscríbhinn sin riamh ach brionnú a tháinig ó pheann Vilćković féin.

Spreag an Reifirméisean agus an Frith-Reifirméisean araon na Slaivéanaigh chun pinn. Ba iad Karol Taraśkjević agus Boguslav Vugrović an bheirt scríbhneoirí ba tábhachtaí ar an taobh Protastúnach den scoilt. Maidir leis na Caitlicigh, bhí an-ról ag an Athair Bonifacy Stankjević i bhforbairt a gcuid scríbhneoireachta siúd.

An cineál Slaivéinise a scríobhadh na húdair Phrotastúnacha bhí sí bunaithe ar chanúintí lár na tíre. Cuma eile ar fad a bhí ar an stíl Chaitliceach. B'as Oirthear na Slaivéine don Athair Bonifacy, agus é ag déanamh aithrise ar chaint na ndaoine ina cheantar dúchais féin. Tá an tionchar sin le haithint ar chleachtais áirithe teanga de chuid na hEaglaise Caitlicí sa tSlaivéin i gcónaí. An ceiliúr a chuireas fíréin na hEaglaise sin ar an sagart, an focal *baco*, ní chloisfeá sa ghnáthchaint é i lár na Slaivéine: ó Shléibhte Chairp a tháinig sé trí chanúint an Athar Bonifacy.

Sa tseachtú agus san ochtú haois déag chuaigh saothrú liteartha na Slaivéinise i ndísc, nó fuair an Ghearmáinis an lámh in uachtar uirthi, go háirithe sna cathracha. Nuair a tháinig an ghluaiseacht náisiúnaíoch

ar an bhfód, b'éigean di, beagnach, traidisiún scríofa
na teanga a atógáil ó bhonn aníos.

Bhí athbheochan na Slaivéinise go mór mór i
dtuilleamaí an bhéaloidis le haghaidh stíle agus téamaí.
Ón taobh eile de bhí inspioráid na múnlaí idirnáisiúnta
ardtábhachtach do litríocht na linne chomh maith. Bhí
Ondřej Tarnovsky, file náisiúnta na Slaivéine, faoi
thionchar láidir na rómánsaíochta Eorpaí, ar nós an
Tiarna Byron, chomh maith leis an bPolannach Adam
Mickiewicz, an Slóvacach Ján Kollár, nó an Rúiseach
Aleksandr Pushkin.

I ré an réalachais tháinig na prós-scríbhneoirí móra
chun tosaigh, go háirithe an chéad scríbhneoir tábhacht-
ach mná, Kacjerina Michalkova, a chum sraith ceithre
úrscéal faoi shaol na scológ Slaivéanach agus iad ag
iarraidh a gceart a sheasamh in aghaidh na dtiarnaí
talún agus scolaíocht Slaivéinise a chinntiú dá gclann.

Ce gur tháinig luas breá faoi athbheochan na litríochta
Slaivéinise i rith na naoú haoise déag, bhí an ceartlitriú
ina ábhar mór diospóireachta agus easaontais ag na
Slaivéanaigh, na tuataí chomh maith leis na saineolaithe.
Bhí an Eaglais Chaitliceach go mór faoi thionchar na
Polainne agus na hUngáire, agus an litriú a chleachtadh
lucht na hEaglaise ag cur thar maoil le délitreacha cosúil
le cz agus sz ón bPolainnis agus zs ón Ungáiris. Ón
taobh eile de, bhí na Slaivéanaigh Phrotastúnacha ag
déanamh aithrise ar na Seicigh agus a gcuid carón—š, č,
ž—agus pé áit a raibh an litir v in úsáid acu, ní thugadh
na Caitlicigh aitheantas ach amháin don w, rud eile a
bhí bunaithe ar an bPolainnis. Mhol scríbhneoirí áirithe,
agus iad ag tabhairt "An Comhréiteach Fuaimbhun-
aithe" ar a litriú féin, an straithín in áit an charóin, agus
litreacha ar nós ç, ş, ŗ, ļ, ņ acu. Bhí an dream céanna
barúlach fosta gur chóir an dá litir idir v agus w a úsáid,
ag brath ar an bhfuaimniú – is é sin, v i dtús an fhocail
nó an tsiolla, w i ndeireadh an tsiolla nó i ndiaidh an
ghuta. Níor tháinig deireadh ceart leis an anord seo ach
i dtús na fichiú haoise, nuair a chuir an clóghrafadóir

Lá Oscailte na Súl

Michal Varśońk (*Warszońk* de réir litriú na gCaitliceach, agus *Varśońk* i Slaivéinis na bProtastúnach) "Litriú na nAgúidí" faoi bhráid an náisiúin. Sa litriú seo ní bhaintí úsáid ach as an agúid mar chomhartha idirdhealaitheach, agus caitheadh an litir w i dtraipisí freisin.

Níor ghlac gach uile dhuine leis an gceartlitriú nua seo. Bhí cuid den Eaglais Chaitliceach thar a bheith míshásta, nó bhí sé ag teacht salach ar fad ar úsáid na n-agúidí i litriú na hEaglaise, úsáid a bhí múnlaithe ar an bPolainnis. Dúirt Franciśk Berzobogaty, Easpag Mhodloj, go scigiúil go mbeadh sé ní ba loighiciúla ag Varśońk litir nua a chur in áit na délitreach *ch* chomh maith. Ní bhfuair Varśońk óna chroí uaibhreach féin litriú a ainm bhaiste féin a athrú, dar leis an Easpag.

Ní dheachaigh blúirín magaidh seo an eaglaisigh i bhfeidhm ar mhórán, áfach, agus pé scéal é bhí cuid de na Caitlicigh ba mhó saineolais breá sásta le litriú Varśońk. Ba iad na hÍosánaigh, ach go háirithe, a thug tacaíocht agus moladh don litriú nua ó thús. Maidir leis na Protastúnaigh, ní raibh siad báúil leis an bPolainn Chaitliceach, agus bhí an córas nua i bhfad níos cosúla lena litriú féin.

—Gernot Neubauer agus Boguslava Mrovkova:
Praktisches Lehrbuch der slawenischen
Sprache für Deutschsprechende
Helmut Langenbusch, Beirlín/München/Vín/Basel 1992

An léachtóir mná a bhí ag múineadh na teanga dó ní raibh sí i bhfad ag aithint cén dúil mhór a bhí ag mo dhuine sa tSlaivéinis, agus nuair a chuala sí faoin dóigh a ndeachaigh saothar na scríbhneoirí Slaivéanacha i bhfeidhm ar mo dhuine agus é ina dhéagóir bhí sí breá sásta lón léitheoireachta breise a sholáthar dó, ar nós irisí don aos óg a raibh fógraí comhfhreagrais iontu. Ar ndóigh bhí cuid mhaith cailíní áille ann agus iad ar lorg cairde pinn.

5
Tóraíocht an Ghrá

Ní raibh ag éirí go rómhaith le mo dhuine leis na cailíní riamh bíodh a fhios agat. Nuair a bhí sé ar scoil bhí sé sórt dúnárasach agus bhí sé ag dul rite leis caidreamh a choinneáil leis na cailíní. Ba mhinic a d'fhaigheadh sé bulaíocht sa bhunscoil, agus má bhí dóchas aige as an saol a bheadh aige ina dhiaidh sin sa mheánscoil, ní raibh an dallach dubh i bhfad ag tréigean nuair a fuair sé an chéad aithne ar na daoine ansin. Go bunúsach chonacthas dó go raibh an traein imithe cheana féin agus eisean ina fhágálach ar an stáisiún. Na cailíní a casadh air sa mheánscoil is é an tátal a bhain sé as a mbunús go raibh saol dá gcuid féin acu cheana, agus eisean rópháistiúil acu. Mar sin ní raibh de chaidreamh bhaineann aige sa mheánscoil féin ach beirt ghirseach a bhí sáite i saol na heaglaise rud a chiallaigh nárbh iadsan an marc má bhí craiceann ag teastáil uait. Ina dhiaidh sin féin thaitin siad go mór leis mar chairde, agus anois bhí sé inbharúla gurbh é an t-easnamh leathair ba chúis leis sin: nuair a bhí sé sásta ón tús nach raibh faic ar bharra ó cheachtar den dís acu, bhí sé in ann caint, comhrá agus cuideachta a dhéanamh leo go nádúrtha neamhneirbhíseach. Ba é taobh eile na seithe, áfach, ná nach raibh sé ábalta an coimeadar a chur ar aon chailín le haghaidh collaíochta ná grá, ó ba é an comhrá tomhaiste nár bhain spallaíocht ar bith leis an t-aon chineál caidreamh a d'fhoghlaim sé a choinneáil leis na girseacha.

Anois áfach d'fhéadfadh sé aithne a chur ar chailíní ar a choinníollacha féin, a shíl sé, nó a d'áitigh sé air féin b'fhéidir. Cinnte ní bheadh girseacha na Slaivéine chomh teann astu féin le mná óga a thíre-san. Cinnte bheidís chomh macánta, chomh cneasta leis féin. Mar sin, roghnaigh sé cúpla fógra agus scríobh sé litir chuig cailíní na bhfógraí sin as Slaivéinis. Bean acu darbh ainm Ivona—ba é sin an leagan Slaivéinise de Yvonne— bhí sí ag breathnú go deas dathúil, agus dúirt sí nach mblaiseadh sí den bhiotáille agus nach gcaitheadh sí tobac ar bith. Sin é an cineál cailín a bhí ag teastáil ó mo dhuine. B'fhíor nach raibh sí ina saoithín mór scoile, nó ní raibh sí ag dréim ach le bheith ina banaltra. Dúirt sí féin go raibh an scoil ag éirí ní b'fhearr lena deirfiúr Eĺka. Bhí an bheirt acu an-cheanúil ar a chéile mar sin féin agus iad araon an-tugtha d'áilleacht an nádúir timpeall ar fheirm a n-athar mhóir, áit a mbídís ag falróid is ag fámaireacht go minic.

Nuair a thosaigh mo dhuine ag scríobh litreach chuig Ivona ní raibh a chuid Slaivéinise thar moladh beirte go fóill. Is é sin bhí sé ábalta leabhair agus nuachtáin a léamh ach san am chéanna theastaigh cleachtadh uaidh go fóill lena chuid smaointe féin a chur in iúl. Ní bhíodh sé cinnte cé acu an leagan foirfe nó an leagan neamhfhoirfe den bhriathar ba chóir dó a úsáid—an deacracht is mó a bhíos ag cur as d'fhoghlaimeoirí coimhthíocha na dteangacha Slavacha go léir. Ba

mhinic a bhíodh náire air faoi sheafóid éigin a chuir sé
sa litir, nuair nár thuig sé gné éigin den teanga ach go
ródheireanach. Bhí iontas air chomh breá sásta is a
bhíodh Ivona scríobh ar ais chuige, agus í cuidiúil
cairdiúil ag iarraidh a chuid botún a chur ar a shúile dó.
Cé nach raibh oiliúint an mhúinteora uirthi bhí deis a
labhartha aici agus í ábalta an teanga a mhíniú dó go
greannmhar. Chomh fial foighneach is a bhí sí ag tál a
cabhrach air bhíodh an fear óg ag fiafraí de féin an
raibh cuspóirí ceilte aici. An raibh sise ag titim i ngrá
leis nó rud éigin? Nó ag féachaint leis an gcoimeadar a
chur ar fhear an "Iarthair shómhair shaibhir" le bun-
táiste a ghlacadh air?

Truflais. Cén fáth a raibh sé chomh paranóideach
seo? Ní raibh in Ivona ach girseach óg aigeanta, cailín
caomh cneasta, agus í tar éis bunús a cuid blianta a
chaitheamh taobh thoir den Chuirtín Iarainn. Rud
nádúrtha a bhí ann go raibh spéis aici sa saol lasmuigh
agus sna daoine ar an gcoigríoch. Ba chóir sochar an
amhrais a ghéilleadh di, ar a laghad.

Nuair a scríobh Ivona faoin ngrá a bhí aici don dúlra
agus don treiceáil, ní raibh mo dhuine mall ag tabhairt
cur síos ar theach saoire a mhuintire. Ní raibh ann i
ndáiríribh ach bothán beag bocht adhmaid nach raibh
mórán ní ba mhó ná gnáthphuball, ach san am chéanna
ní raibh sárú na háite ar fáil ó thaobh an radharcra de.
Bhí an cábán féin suite i gceann de na hoileáin in
oirthear na tíre, réigiún a bhí chomh stróicthe as a
chéile ag na haibhneacha is na lochanna agus nach
bhféadfá "oileán" a aithint thar "mhórthír" ansin ar aon
nós. Bhí na sprúis is na giúiseanna ag caitheamh a
scáthanna ar an mbothán, agus léinseach an locha á

leathadh os a chomhair. Bhí oileán beag suite sách
cóngarach ar an taobh deas, agus ós ansin a bhí an
t-iarthar, d'imíodh an ghrian i measc chrainn an oileáin
sin le teacht na hoíche. B'fhéidir go raibh aislingí
earótacha de chineál éigin ag mo dhuine agus é ag
smaoineamh ar Ivona a bheith ar cuairt ansin, ach mar
sin féin ba é an rud ba mhó a bhí i gceist aige ná an áit
a thaispeáint don chailín ó bhí sé cinnte go dtabharfadh
sí taitneamh don dúlra, don choill agus don loch. Agus
ar ndóigh bhainfeadh sí sult as a bheith ag snámh sa
ghlanuisce.

Rinne mo dhuine a dhicheall le cur síos a thabhairt ar
an mbothán agus ar a thimpeallacht, ar dhath dhearg
leath-thréigthe na mballaí, ar na tráthnónta fada a
chaitheadh seisean, a sheanathair agus a chol ceath-
racha ag imirt chártaí, ar an uisce a bhí ar gal ar an
gcócaireán gáis le haghaidh caife agus ar bhlas ar leith
an chaife sin. Ní raibh an tSlaivéinis ach go measartha
aige san am sin ach mura raibh chuir sé strus air féin ag
iarraidh cuimhní a chéad óige a ríomh sa teanga gan
an iomarca íde a thabhairt don ghradamach. Agus bhí
an chuma ar an scéal go ndeachaigh an tuairisc i
bhfeidhm ar Ivona.

6

Uachtar Reoite
an Iarthair

Bhí suim ag mo dhuine sa saol a bhí ag muintir Oirthear na hEorpa roimh dheireadh an Chumannachais, agus ar ndóigh rinne Ivona a dicheall lena fhiosracht a shásamh. "Bhí muid go léir craiceáilte faoin Iarthar nuair a bhí muid inár leanaí," a scríobh sí. "Rud nár thaitin le máistreás na bunscoile. Níor thuig muid cén fáth. Níor thuig muid carúil mhóra an chórais, cosúil leis na focail úd 'Sóisialachas', 'prólatáireacht', nó pé seafóid a bhí ann. Níor thuig muid cén fáth a mbeadh daoine ann nár mhaith leo an tIarthar, cosúil leis an dóigh nár thuig muid cén fáth a mbeadh daoine ann nár mhaith leo uachtar reoite."

Maidir leis an "uachtar reoite" a thagadh ón Iarthar inniu bhíodh cuid mhaith le feiceáil i lár na cathrach ar na saolta seo, a d'inis Ivona. Bhí sí díreach ag dul sna siopaí le hElka lá de na laethanta nuair a chuala sí ceol aisteach. Agus na cailíní ag dul i dtreo an cheoil tháinig sé chun solais go raibh banna ó Mheiriceá Theas ag fonnadóireacht i lár na cearnóige. Ní fheicfeá a leithéid i mBjela Voda i mblianta an Chumannachais, cé gur

mhinic a bhíodh na bolscairí ag spalpadh leo faoin dlúthpháirtíocht le muintir Mheiriceá Theas.

Faoin am seo bhí leathmhíle bliain slánaithe ón lá ar casadh bunadh an Oileáin Úir ar Chríostóir Colambas an chéad uair, agus Ivona ag dul ó thaispeántas go taispeántas ag ceiliúradh teagmháil an dá dhomhan. Tír aineoil agus oileán úr a bhí ann di go nuige seo, ar sise, ó nár fhoghlaim sí mórán i dtaobh Mheiriceá Theas ar scoil ná óna muintir féin. Scéal eile é go raibh sí iontach eolach ar chúrsaí na Stát Aontaithe, toisc go raibh an oiread sin gaolta aici tar éis dul ar imirce ansin. Anois áfach chonaic sí Meiriceá Theas leata os a comhair, agus chuala sí ceol na hilchríche an chéad uair riamh. Cuid mhór de na huafáis a bhain do mhuintir na hilchríche faoi ansmacht na dtíoránach éagsúil b'ábhar scanraidh di iad. Ar ndóigh bhain na Cumannaigh leas astu ag áitiú go raibh a gcóras ní ba chothroime ná an caipitleachas ach anois fuair sí amach go raibh craiceann áirithe fírinne ar an gcuid sin den bholscaireacht.

Rinne mo dhuine a dhicheall leis na cúrsaí seo a mhíniú d'Ivona mar ab eol dó féin iad. An chuid ba mhó den am áfach ní raibh ach lúcháir agus ríméad air go raibh sise ag smaoineamh ar na rudaí seo. É féin tháinig sé chun saoil san Iarthar áit a raibh cás Mheiriceá Theas á chaibidil ag na scríbhneoirí agus na hintleachtóirí ó na seascaidí i leith. Nuair a bhí seisean ina dhéagóir b'ar éigean a d'éireodh le haon duine stiúradh glan ar an ilchríoch sin. Léigh sé cuimhní cinn Pablo Neruda—*Admhaím gur chaith mé mo shaol*—agus rogha shaothar Gabriel García Márquez agus Mario Vargas Llosa. Cé nár thug sé cuairt ar an Oileán Úr

41

riamh thuaidh ná theas, bhí an oiread sin léite aige i dtaobh Mheiriceá Theas is go raibh sé in ann boladh saibhir na foraoise báistí a shamhlú ina pholláirí féin chomh túisce is a chuala sé aon duine ag trácht ar an taobh sin den domhan. Coimeádach is uile mar a bhí a athair críonna féin ní raibh seisean in ann, lena lá féin, cur in aghaidh rómánsaíocht choimhthíoch Mheiriceá Theas ach oiread leis na radacaigh óga a thit i ngrá le Che Guevara sna seascaidí. Ba í teagmháil Pizarro agus Atahualpa ba mhó a chuaigh i bhfeidhm ar Dhaideo, agus ní le Pizarro a bhí a luiteamas. "Fear garbh gairgeach a bhí ann nach raibh ceá ná ciú aige," ar seisean go dímheasúil. Bhí a fhios ag an seanfhear go raibh sibhialtacht na nInceach brúidiúil barbartha ar a lán bealaí, go mbíodh na hIncigh ag cur cogaí móra agus ag íobairt cimí dá gcuid déithe, ach san am chéanna níorbh é Pizarro an fear ceart le malairt béasaíochta a mhúineadh dóibh, dar leis. Pé scéal é bhí an seanfhear eolach go maith ar choncas na Spáinneach ar Mheiriceá Theas, agus chluinfeá logainmneacha cosúil le Cajamarca nó Potosí uaidh chomh réidh le hainmneacha na gcathrach ina thír féin.

Bhí mo dhuine in éad le hIvona, ar bhealach, ó nach bhfuair sí amach faoi na scéalta seo ach anois.

7
Ag Triall
ar an tSlaivéin

Agus sa deireadh thiar thall chaithfeadh sé aghaidh a thabhairt ar an tSlaivéin. An léachtóir a mhúin uraiceacht na teanga dó, scríobh sí litir mholta le haghaidh an chúrsa samhraidh i mBjela Voda—litir ardmholta ab fhearr a rá, nó tháinig luisne ina leicneacha nuair a léigh sé an cur síos a thug an léachtóir ar an éirim a bhí aige chun Slaivéinis a thógáil. Bhuel b'fhéidir gur mar sin a chonacthas an scéal di, ach ní raibh sé féin róshásta leis an gcuid den teanga a bhí aige. Le fírinne bhí sórt eagla air roimh an gcéad teagmháil leis an tSlaivéin, le muintir na tíre agus le saol laethúil na Slaivéanach. Ní raibh sé cinnte an bhféadfadh sé comhrá a choinneáil leis na Slaivéanaigh nuair a thiocfadh air. A mhalairt ar fad bhí sé suite siúráilte go dtarraingeodh sé náire air féin agus an tsnagaireacht shuarach cainte a bheadh aige. Agus ar ndóigh bhí na nuachtáin ag cur thar maoil le scéalta scanrúla faoin gcoirpeachas i dtíortha Oirthear na hEorpa. Ní raibh ann ach ainriail agus aindlí, agus na robálaithe ag dul chun cearmansaíochta ar an tsochaí,

de réir mar a d'áitigh na hiriseoirí. Ar ndóigh, bhí na cúrsaí an dá oiread ní ba mheasa toisc nach raibh muinín ag an meánaicme féin as an dlí ná as na póilíní i ndiaidh bhlianta fada na deachtóireachta Cumannaí. Agus ba léir go raibh náisiúnaithe antoisceacha ag rith damhsa thall ansin, lucht ciníochais agus frith-Ghiúdachais fiú, na fórsaí go léir a bhí á gcosc ag na Cumannaigh go dtí le déanaí.

Cailín sách neamhurchóideach a bhí in Ivona, áfach. Ar a laghad ní raibh sí ag caitheamh anuas ar na Giúdaigh ná ar na Gormaigh, agus ba é an dearcadh a bhí aici ar na maolchinn—*skiny*, mar a thugadh sí féin orthu as Slaivéinis—ná gur dream scanraitheach a bhí iontu agus eagla uirthi féin rompu. Múinteoirí ab ea a tuismitheoirí, agus féith an idéalachais iontu mar a tuigeadh do mo dhuine ó litreacha na girsí.

•

Ceart go leor bhí sórt scéal grá ag mo dhuine i ndiaidh dó tosú ar an ollscoil, ach ba chúis náire dó an scéal sin. Inniu féin mhothaíodh an stócach deann ag dul trína chroí gach uair dá gcuimhníodh sé ar an gcumann a bhí aige leis an ngirseach áirithe úd. Nuair a d'fhág sé cathair a dhúchais le cur faoi in aice leis an ollscoil ní raibh taithí aige ar chraiceann na gcailíní go fóill. Ó nach raibh taithí aige ar an dioscó ná ar an teach tábhairne chuir sé fógrán i gceann de na saorpháipéir a bhí á bhfoilsiú don aos óg agus é ag iarraidh aithne a fháil ar chailíní oiriúnacha. Fuair sé freagra ó ógbhean dheas ó cheann de na bruachbhailte, agus í gan ach seacht mbliana déag d'aois. Ní raibh sé i bhfad ag dallrú na girsí lena chuid baothchainte faoi ghrá, agus i ndiaidh tamaill bhig chaith siad cúpla oíche le chéile ag déanamh leathair, ach má bhain féin ba bheag an sult a bhí ann d'aon duine acu. Bhí a fhios aige go maith nach raibh aige ach saint leathair sa chailín sin, ach ar chúis éigin, ar mhaithe le sórt onóir nár chreid sé féin inti a thuilleadh, chonacthas dó nach bhféadfadh sé é a admháil, fiú leis féin.

Ar ndóigh d'aithin an ghirseach an fuadar a bhí faoi mo dhuine sa deireadh, agus thréig sí é i ndiaidh tamaill ghairid. Ag fágáil slán aige di dúirt sí nach raibh caill ar bith air ag bualadh craicinn cé go raibh a fhios aici ó thús nach raibh mórán taithí aige ar an obair sin go fóill, agus go mbeadh sí breá sásta tuilleadh ama a chaitheamh sa leaba leis, ar acht nach mbeadh sé i gcónaí ag spalpadh leis faoi ghrá, nuar ba léir dó féin nach raibh ann ach bréaga. Ba iad na bréaga sin a chuir bréantas uirthi agus a chuir an caidreamh ó mhaith, dar léi.

Nuair a bhí sé ag déanamh a mharana ar Ivona, ar an gcineál cailín a bhí inti, is minic a thagadh cuimhne an chéad ghrá suarach sin ar ais chuige. Cé leis a raibh súil aige ó Ivona? Go gcuideodh sí leis Slaivéinis a fhoghlaim agus aithne a fháil ar an tír? Go dtitfeadh sí i ngrá leisean? Go mbeadh oíche leathair acu le chéile? Ní raibh a fhios aige féin. Ach pé scéal é bhí sí chomh deas dathúil is nach mbeadh an caolsheans féin aige oiread is focal cairdiúil a chloisteáil óna cómhaith de chailín anseo, ina tír dhúchais.

Ach ba chuma. Chaithfeadh sé freastal ar an gcúrsa sa phríomhchathair, agus b'fhéidir nach mbeadh mórán ama aige le cuideachta a choinneáil léise pé scéal é.

8
Traein an Chalafoirt

Traein a thógfadh sé go dtí an tSlaivéin. Bhí eitleán ann fosta, ach ní dhearna sé eitilt riamh, agus ar ndóigh bhí eagla air roimh an gcéad iarracht. Thairis sin thaitin an traein leis mar ghléas siúil. Ba mhaith leis na tailte is na tíortha a fheiceáil ag dul thar bráid ar an taobh eile den fhuinneog, agus ba chuid den atmaisféar iad na hoifigigh chustaim a thagadh isteach lena gcuid ceisteanna a chur i dteangacha éagsúla. An té a chaith dhá lá is dhá oíche ar an traein ag druidim le ceann a scríbe go maorga malltriallach bhí a fhios aige go raibh taisteal déanta aige.

Chaith an stócach an cúpla seachtain roimh an turas go dtí an tSlaivéin i dteach a mháthar i gcathair a chéad óige. An chéad traein a thógfadh sé, ba í an traein chéanna a thugadh go cathair na hollscoile é, ó bhí cuan na long suite in aice na cathrach céanna. Le fírinne nuair a bhí sé ina pháiste níor chuala sé d'ainm ar an traein sin riamh óna mhuintir ach "traein an chalafoirt," an traein úd a stopadh ar an stáisiún nuair a bhí ruadheirge an chlapsholais le haithint ar an ngrian agus ar bhallaí liathbhuí na dtithe—an deirge aisteach úd nach bhfaca sé in aon áit eile seachas cathair a dhúchais.

Traein an Chalafoirt

Ba í traein an chalafoirt nasc na cathrach seo leis an tsibhialtacht chois an chósta, agus an lá ab fhaide anonn chaithfeadh mo dhuine dul ar bhord na traenach sin le haghaidh a thabhairt ar an saol mór.

Mar sin, ba é an rud ba nádúrtha faoi rothaí na spéire gurbh í Traein an Chalafoirt chéad chéim a thurais go dtí an tSlaivéin.

Chaith mo dhuine tamall fada ina shuí ar bhinse an ardáin os comhair an stáisiúin. Ní raibh caifitéire na háite ag obair a thuilleadh—dá mbeadh, b'ansin ab fhearr leis fanacht leis an traein. Ach ó bhí saol gnó na háite ag trá is ag tréigean le tamall maith anuas, agus na paisinéirí féin ag dul i ndísc dá réir, b'fhéidir nach raibh an duine ba ghustalaí amuigh in ann a chuid a shaothrú ag riar deochanna teo agus brioscaí tirime ar na taistealaithe. Agus dáiríribh dá mbeadh teacht ar dhuine éigin a rachadh sa bhearna bhaoil sin chaithfeadh sé beoir a dhíol chomh maith, nó mura ndíolfadh ní bheadh sé in ann a dhóthain brabúis a dhéanamh. Agus ansin, bheadh an caifitéire foirgthe leis na gnáthsheanleads ar lorg meisce, an dream sin a chuirfeadh an áit ó mhaith ar gach uile dhuine eile ag bagairt troda ar na fir óga agus ag gnéaschiapadh na mban. Ní raibh cead isteach ag na fir seo sna tithe tábhairne a thuilleadh, le taobhshúil ar an gcambús a thagadh isteach sna sálaí acu. Mar sin ba dual dóibh dul i dtreo gach sconna beorach nach raibh doirseoir os a chomhair, agus nuair a bhí siad istigh, bhí an tsíocháin amuigh.

Tháinig an traein sa deireadh, traein an chalafoirt. Traein cheart a bhí ann seachas ceann de na busanna leathlofa iarnróid a bhí ag freastal ar an gcuid ba mhó de na línte thart anseo. Bhí proinncharr ar an traein, agus thug Adam in amhail bualadh isteach ansin, ach níor thóg sé ach soicind air teacht ar athrú comhairle: na ceapairí a rinne a mháthair dó bheidís i bhfad ní b'fhearr ná brioscaí tura an phroinnchairr.

Bhí leabhar Slaivéinise mar lón léitheoireachta ag mo dhuine ar an traein, ceann a tháinig ó pheann Vitk, ar ndóigh. Chosain sé slámán airgid ar an mac léinn bocht na leabhair sin a ordú sa bhunteanga ón teach foilsitheoireachta san Fhrainc a bhí ag coinneáil shaothar Vitk i gcló ar an taobh seo den Chuirtín Iarainn. Cé go raibh an cuirtín féin imithe le tamall beag mhair iarsmaí de i gcónaí i gcúrsaí na trádála idirnáisiúnta: mar shampla, bhí sé le léamh i Slaivéinis shoiléir agus i bhFraincis dhothuigthe taobh istigh de chlúdach an leabhair nár cheadaigh an cóipcheart an leabhar seo a dhíol sna tíortha iar-Shóivéadacha.

An domhan nua taobh thoir den Chuirtín sin, an domhan a d'oscail a athair do mo dhuine nuair nach raibh ann ach déagóir, bhí sé ag cur athaithne air anois agus é ag léamh an leabhair sa bhunteanga. Bhí an t-aistriúchán beagnach de ghlanmheabhair aige chomh minic is a d'athléadh sé é, agus mar sin, ní bhfuair sé ródheacair an bunleagan a thuiscint: na focail is na teilgeanacha cainte nach raibh aige go fóill, ba chuimhin leis a gciall ón leagan Sualainnise.

Ghiorraigh an leabhar an turas go maith, agus sháigh sé a chroí agus a intinn chomh domhain i gcúrsaí na Slaivéine is gur baineadh stangadh as nuair a chonaic sé go raibh an traein ag moilliú a siúil roimh stáisiún na cuanchathrach. Ba dhóbair dó tuirlingt ar an bpríomh-stáisiún, mar ba ghnách dó agus é ag filleadh ar a chuid staidéir óna laethanta saoire, ach ansin chuimhnigh sé go gcaithfeadh sé fanacht ar an traein go dtí go mbainfeadh sí amach críochfort na long.

9
Long Mhór
na Sualainne

Agus ansin ní raibh le déanamh ach dul ar bhord na loinge. Cosúil leis an gcuid ba mhó de bhunadh a thíre bhí sé i ndiaidh an mhurascaill mara a thrasnú go dtí an tSualainn chomh minic is nár tháinig a dhath formhothaithe air a thuilleadh. D'fhéadfá a rá go raibh sé i ndúchas a mhuintire dul go Stócólm. Na páistí beaga fiosracha a bhí ag dul síos suas staighre ó dheic go deic d'aithin sé é féin iontu mar a bhí sé in aois a dheich mbliana, nuair ab ábhar adhnua dó an bád farantóireachta agus gach a raibh ann. Cé nach raibh aon dúil nimhe aige sna milseáin nuair a bhí sé ina bhuachaill óg bhí iontas air an tráth sin chomh saor is a bhí an stuif ar bhord na loinge, chomh mór millteanach is a bhí na málaí milseán. Agus ar ndóigh ba í an bád farantóireachta an cothromóir mór i gcaidreamh na bpáistí le chéile. Éan corr a bhí ann féin sa bhaile, ach nuair a tháinig sé ar bhord na loinge casadh buachaillí ó áiteanna eile air, buachaillí a bhí chomh fiosrúil leis féin fá dtaobh d'iontais na loinge gan trácht ar an tSualainn, an chéad tír choimhthíoch a chonaic an chuid ba mhó acu riamh. Bhí sceitimíní ar na páistí agus iad ag insint dá chéile faoina raibh le feiceáil thall, agus iad siúd a raibh breacaireacht Suailainnise acu cheana féin, shílfeá gur teangeolaithe a bhí iontu ar chuala an saol iomrá orthu. Déanta na fírinne b'iomaí buachaill acu a raibh gaolta aige thall, agus é tar éis an cúpla focal a fhoghlaim óna mhuintir.

Sea, san am sin b'ábhar adhnua é cuairt a thabhairt ar an tSualainn féin, anois áfach ní raibh i Stócólm ach stáisiún amháin ar an mbóthar ard go dtí an tSlaivéin. Níor bhac an stócach mórán le siopaí dleachtdhíol-mhaithe na loinge inniu, amach ón tseacláid a cheannaigh sé le haghaidh Ivona—seacláid a thíre féin, blas a chéad óige. An tseacláid ghorm a thugadh muintir na tíre uirthi, nó sin é an dath a bhí ar an bpacáiste riamh.

An raibh Ivona agus a muintir i dtaithí aon chineál seacláide? An raibh milsínteacht den tsaghas sin ar fáil sa tSlaivéin ar aon nós? Nó b'fhéidir go raibh agus fáilte, agus go nglacfaidís masla dá dtabharfadh sé seacláid dóibh mar bhronntanas? An sílfidís go raibh sé ag tabhairt déirce dóibh? Go raibh sé ag iarraidh Ivona a cheannach le seacláid?

"Níl dóigh cheart agat ar na daoine." Sin é an port a chuala sé go minic ag a mháthair, agus cé nach aon ribín réidh a bhí inti féin bhí aithne aici ar a mac ceart go leor. Ní raibh sé in ann caidreamh ceart a choinneáil leis na daoine eile, agus na focail ag teip air. Fiú nuair a bhí na daoine máguaird ag trácht ar ábhar éigin a raibh suim aige ann agus é eolach ina thaobh, chaill sé an chaint go hiomlán, agus fágadh ina stangaire bhocht é i lúb chuideachta.

Long Mhór na Sualainne

I ndiaidh an siopa dleachtdhíolmhaithe a fhágáil ina dhiaidh chaith mo dhuine tamall ag máinneáil leis ar fud na loinge. Cheannaigh sé cúpla nuachtán Sualannacha agus chrom sé ar iad a léamh, ach is beag ciall a bhí sé in ann a bhaint as cúrsaí na tíre coimhthíche. Scéal eile ar fad ab ea é, áfach, go raibh gné-alt fada ann faoin mbail a bhí ar pholaitíocht na Slaivéine faoi láthair, agus ar ndóigh fuair mo dhuine riachtanach staidéar ceart a dhéanamh ar an gceann sin. Ainm Sualainnise agus sloinne Slaivéinise a bhí ar an iriseoir a scríobh an t-alt: Göran Domaśk. Bhuel sin é an rud a shamhlófá leis an tSualainn, ós an-tír inimirce a bhí ann. Tháinig cuid mhór daoine ón tSlaivéin ar lorg tearmann polaitiúil nuair a bhí an córas Cumannach i bhfeidhm ina dtír dhúchais féin, agus thóg siad a gclann le teanga na sinsear. Anois bhí an dara glúin ag cur suime i saol an tseanfhóid, agus cuid mhór acu ag dul le hiriseoireacht. Leagan den ainm uile-Eorpach Seoirse é Göran, agus ba dócha go dtugadh na tuismitheoirí Juraj nó Jurajk ar a mac i gcónaí.

Ábhar maith gáire a bhí i gcuid mhór de na páirtithe aiféiseacha polaitiúla a tháinig chun saoil i ndiaidh don chóras aonpháirtí titim as a chéile. Ar ndóigh bhí páirtithe móra ann a chaithfeá a ghlacadh i ndáiríribh. Bhí na hiarChumannaigh ann a bhaist "daonlathaigh shóisialta" orthu féin ó nach raibh aon ghrúpa eile ag iarraidh an t-ainm sin a shealbhú: an páirtí daonlathach sóisialta a bhí gníomhach sa tSlaivéin sna blianta idirchogaidh stiúg sé i gcampaí géibhinn Stailín go gairid i ndiaidh an Dara Cogadh Domhanda, agus cuireadh deireadh leis an traidisiún sin. Bhí na

Liobrálaigh ann chomh maith leis na Daonlathaigh
Chríostaí, agus iad ag fáil tacaíochta, idir airgead agus
smaointe, ó lucht a gcomh-idé-eolaíochta in Iarthar na
hEorpa agus sna Stáit Aontaithe. Thairis sin áfach bhí
an tír foirgthe le "páirtithe aon chúiste". Sin é an t-ainm
a bhí ag muintir na Slaivéine ar na mionpháirtithe, ó
bhí áit do bhallra iomlán an chineál sin pháirtí ar aon
tolg amháin. Páirtithe coimeádacha náisiúnaíocha abea
an chuid ba mhó acu seo, ar ndóigh. Bhí grúpaí
antoisceacha cléradacacha ann chomh maith, ach ba iad
náisiúnaithe na heite deise ba mhó a tharraingíodh
callán. Ba dócha go mbeadh cumhacht sna vótaí a
d'fhéadfá a mhealladh leis an idé-eolaíocht seo, ach go
bé go raibh a pháirtí féin ag teastáil ó gach aon duine a
raibh lucht leanúna ar bith aige sna ciorcail sin.

Cuid de na páirtithe sin chuirfidís eagla d'anama ort
dá mbeidís ag obair i saol polaitiúil do thíre féin. Ós
turasóir a bhí i mo dhuine, áfach, is é an dearcadh a bhí
aigesean orthu ná nach raibh iontu ach gné spéisiúil eile
de shaol phictiúrtha na Slaivéine. Ba é Páirtí Ársa
Slavach na Slaivéine, *Prastaroslovjansko Stronstvo
Slavjenskeje* nó PstSSS (ag an diabhal a bhí a fhios cad
é mar a d'fhuaimnídís a ngiorrúchán féin) an ceann ab
aiféisí acu. Nuair a tháinig an páirtí le chéile an uair
dheireanach le haghaidh na hArd-Fheise ar an t-aon
tolg amháin s'acu, d'éiligh an cathaoirleach ar fheidhm-
eannaigh eile an pháirtí "an urraim ba chuí" a thabhairt
do dheilbh an dé ársa Shlavaigh úd Svjetovid. Dhiúl-
taigh an rúnaí agus fear ionaid an chathaoirligh don
tsearmanas seo, nó bhí an chéad duine acu ina Chaitlic-
each dhílis agus an dara fear ina bhall de chlann Liútair.
Ba é deireadh an scéil gur chaith an cathaoirleach an

dís seo amach as an bpáirtí, agus é ag cur ina leith gur insíothlóirí Giúdacha a bhí iontu. Ag teacht a fhad seo ag léamh an ghné-ailt dó, bhí an stócach á thachtadh ag gáire cheana féin, agus na daoine máguaird ag breathnú air le místá: cad é an cineál gealt a bhí ann, meas tú?

Sa deireadh thiar thall mhothaigh an stócach go raibh codladh ag teacht air, agus chuaigh sé ar lorg áite a dhéanfadh cúis na réleapa dó. Ar ndóigh ní raibh cábán ag mo dhuine, ach bhí cuid den deic ar a raibh an bealach isteach ar bhord na loinge á húsáid mar chineál áit neamhoifigiúil campála ag na paisinéirí stírise. Chonaic an stócach comhluadar mór Giofóg i gcúinne amháin. Mise fánaí na mara, mise giofóg na loinge, a shíl sé go leathmhagúil leis féin.

10
Ainnir na hUaire

Luigh sé síos agus shoiprigh sé a chuid bagáiste ina thimpeall. Bhí innill na loinge le cloisteáil ón áit seo go róshoiléir, agus an torann a bhí siad a dhéanamh bhí sé chomh dona is nach raibh mo dhuine cinnte an éireodh leis oiread is soicind codlata a fháil. Nuair a dhún sé a shúile, agus é ag áitiú air féin go raibh sé ina thoirchim suain cheana, ba dóigh leis ceann de na hinnill sin, ar a laghad, a bheith suite taobh istigh dá chorp, in aice lena chroí.

Bhí sé díreach ag titim i dtámh de chineál éigin nuair a chuala sé beirt chailíní óga ag cadráil is ag cabaireacht ina thimpeall, agus teanga a thíre féin á labhairt acu. Bhí siad ar tí luí síos ina aice, agus iad ag déanamh iontais de. "Cérbh as dó siúd, meas tú?" arsa bean acu leis an ngirseach eile. Bhí sí tar éis sonrú a chur sa leabhar Slaivéinise a bhí i leathlámh le mo dhuine i gcónaí, agus í ag déanamh nach mbeadh an Béarla féin ag a leithéid siúd. Bhí na cailíní súgach go maith, agus iad ag tosú is ag fiafraí de chéile, an mbeadh seisean go maith sa leaba, nó an bhféadfaidís seal a chaitheamh ag streachailt leathair leis.

58

Ainnir na hUaire

Mhothaigh mo dhuine a bhod ag ardú a chinn, ach déanta na fírinne cé go raibh a cholainn ag freagairt bhí sé tar éis cineál drochthátal a bhaint as na girseacha seo cheana féin. Níorbh fhiú aon bhean acu a leagan, a chonacthas dó, ach ar ndóigh is ar éigean a rachadh aige ceiliúr ceart craicinn a chur ar mhná óga den tsaghas seo chomh ciotach a bhíodh sé le daoine. Bhí boladh na dtoitíní astu rud nár thaitin leisean. Chuir bean de na cailíní ball éadaigh timpeall ar a chloigeann-san, agus an bheirt acu tachta ag iarraidh a gcuid gáirí a choinneáil siar. Drárs a bhí ann b'fhéidir, agus é ar maos le cumhrán nó le díbholaíoch. Bhuel anois, má bhí sé ag teastáil uathu, bhuailfeadh sé féin bob ar na cailíní sin. D'oscail sé a shúile le spléachadh feargach a thabhairt dóibh agus dúirt sé: "Cad é seo?" as Slaivéinis chomh líofa is a d'éirigh leis. Focal siosach a bhí ann a bhainfeadh stangadh as na girseacha!

Ach déanta na fírinne ní raibh na mná óga sin ag breathnú go dona. Mar a d'aithin an stócach bhí siad timpeall ar ocht mbliana déag d'aois. Thaitin bean acu leis go measartha, cailín dubh a raibh cuntanós cairdiúil uirthi, ach má thaitin féin, ní raibh sé cinnte an raibh mórán fonn craicinn air chuici, chomh bréan is a bhí a hanáil le tobac. Le stainc ar na cailíní lean sé leis ag labhairt Slaivéinise, agus iad ag iarraidh freagra a thabhairt i mBéarla na meánscoile tuaithe. Na rudaí a bhí ar siúl acu bhainfidís gáire as an gcloch nó bhí siad ag iarraidh comhrá na colpaí a dhéanamh faoi chomh suarach is a bhí fir a dtíre féin, chomh suimiúil is a bhí fir a thíresean, pé tír a bhí ann.

Chaith sé tamall maith ama ag dallrú na gcailíní leis an teanga nár thuig siad oiread is siolla di, ach ansin phléasc a gháire air agus dúirt sé leo: "Anois, éistigí an amaidí sin. Is as an tír chéanna don triúr againn."

Tháinig luisne sna na mná óga, i ndiaidh a raibh ráite acu i dtaobh fhir a dtíre féin go háirithe, ach nuair a chonaic siad go raibh an stócach in ann an scéal go léir a ghlacadh ina mhórmhisneach, chuir siad cuma chairdiúil orthu féin, agus eisean sásta comhrá a dhéanamh leo. Cé go raibh sé ag feiceáil sclimpíní le teann tuirse cheana féin, bhreabhsaigh sé suas arís agus é ag míniú do na girseacha cén fuadar a bhí faoi: cuairt a thabhairt ar an tSlaivéin agus aithne a fháil ar mhuintir na tíre.

"An bhfuil sé deacair Slaivéinis a fhoghlaim?" arsa an cailín deas dubh.

"Bhuel déanta na fírinne fuair mé ní b'fhusa í ná an Béarla féin. Tá an tSlaivéinis chomh rialta ó thaobh na gramadaí de, shílfeá gur teanga le haghaidh ríomhairí í."

"Conas a deirtear 'tá mé i ngrá leat' as Slaivéinis?" a d'fhiafraigh an cailín rua go spochúil.

"*Milujom cjebja*," a d'fhreagair an stócach, agus é ag féachaint leis na focail a fhuaimniú chomh soiléir is a thiocfadh leis. Rinne na girseacha cúpla iarracht aithris air, agus iad á stiúgadh ag sciotaíl gáire.

"An mbeidh cailíní agat ansin, meas tú?" a d'fhiosraigh an ghirseach rua go magúil.

"An drae fios agam," arsa an stócach. "Bím ag scríobh litreach chuig a leithéid seo de chailín—Ivona is ainm di—ach is éadócha liom go mbeidh aon rud thar an ngnáthchairdeas ann."

"An bhfuil pictiúr agat d'Ivona?" arsa an cailín rua.

"Ó tá muis. Fan soicind." Thaispeáin sé an grianghraf do na cailíní, agus mar a d'éiligh an dea-bhéasaíocht dúirt siad cúpla focal molta i leith chomh dathúil is a bhí Ivona. Ansin, mar a bheidís ag tagairt dá gcuid cainteanna féin roimhe seo, chuir siad an cheist air, an raibh cailíní na Slaivéine ní b'fhearr ná cailíní a thíre féin.

"Níl a fhios agam i ndáiríribh," ar seisean, "nó is beag mo thaithí ar cheachtar den dá dhream sin."

Bhuel bhí cailín éigin aige tráth den tsaol cinnte, nach raibh?

"Ceart go leor muis," ar seisean, "bhí cailín agam tráth ach rinne mé praiseach den chumann grá sin. Is dócha nach raibh mé sách cleachta ar chuideachta a choinneáil le girseach." Chuir sé iontas air féin chomh furasta is a tháinig na focail seo leis anois. Roimhe seo ní raibh sé in ann cur síos chomh gonta, chomh ciallmhar céanna a thabhairt ar an olltubaiste sin arbh í a chéad chumann grá í.

"Ó muis, tá tuilleadh cleachtadh ag teastáil uait," arsa na cailíní agus iad ag gáire go mísciúil. Mhothaigh mo dhuine an leictreachas san aer agus chreathnaigh sé ó rinn go sáil. Go tobann bhí sé iontach meabhrach ar an dá cholainn bhaineanna ina aice. Bhí sé dorcha go maith sa chuid seo den long cé go raibh lampa anseo agus ceann eile ansiúd a chinntigh gur aithin sé ceannaithe an bheirt chailíní.

Shín sé lámh i dtreo an chailín dhuibh agus theagmhaigh na méara ar a craiceann-se. Bhí sí te teasaí, mar a shamhlófá le bean bheo bhíogúil. Thosaigh mo dhuine ag cuimilt an chraicinn sin, agus é ag baint suilt as an teas a d'aithin sé taobh istigh. Rinne sé dearmad den bholadh tobac a chuir an oiread sin isteach air roimhe seo.

Lig an cailín dubh dó a chuid méar a shá idir na ceathrúna aici le faoiseamh láimhe a thabhairt di, ach ní bhfuair sí óna náire dul chun comhriachtana leis anseo. Sa deireadh bhí sí sásta a bhod a bhleán go dtí go bhfuair sé a shásamh féin.

Bhí an cailín rua ina suí in aice leis an mbeirt acu agus í á cuimilt féin fad is a bhí an stócach agus an cailín dubh ag súgradh le chéile. Chuala sí gach ar tharla siúd is go ndearna sí a dóthain gan a dhath a fheiceáil.

I ndiaidh dó an síol a scaoileadh tháinig mo dhuine chuige féin de réir a chéile agus é ag iarraidh ciall éigin a bhaint as a chuid mothúchán. Ar dtús tuigeadh dó go raibh sé buíoch beannachtach den chailín dhubh as an mbeagán teasa seo féin. Ansin ghlac sé trua leis an ngirseach rua a fágadh ina haonar mar sin, chomh minic is a bhí seisean sa chás chéanna ina shaol. Bíodh is go raibh boladh na dtoitíní aisti agus smideadh bhanríon an dioscó uirthi agus bíodh is nach mbacfadh a leithéid-se le hoiread is spléachadh súl a thabhairt don stócach dá gcasfaí ar a chéile i lár na sráide iad, d'aithin seisean gur duine daonna a bhí inti cosúil leis féin agus idir chraiceann agus grá ag teastáil uaithi chomh maith. Nuair a chonaic sé an ghnúis thruamhéileach a bhí uirthi d'aithin sé chomh soghonta, chomh goilliúnach a bhí sí i ndiaidh an iomláin—bean óg uaigneach agus eagla uirthi roimh an saol mór.

"An bhfuil tú ceart go leor?" a d'fhiafraigh sé. D'fháisc an cailín meangadh misniúil gáire uirthi féin agus dúirt sí: "Tá." Ach má dúirt féin chuala an stócach faobhar an chaointe ar a guth agus chuir sé sonrú i ndeoir bheag bhídeach bhocht lena leathleiceann.

Bhí cathuithe ar an stócach an cailín rua a fháscadh chuige agus an sólás céanna a thál uirthi a fuair a cara uaidh cheana féin. Agus níorbh é a ragús féin ba chúis leis sin—ba é an rud ba mhó ab áil leis a dhéanamh ná a seanspleodar a thabhairt ar ais di. Ach ón taobh eile b'fhéidir nach dtaitneodh sé leis an gcailín dubh dá dtosódh mo dhuine ag spallaíocht leis an ngirseach eile acu.

Ar a laghad ar bith thug an fear óg croí isteach don chailín rua, agus ansin chuaigh an triúr acu ina gcodladh in aice le chéile.

Ar mhaidin bhí sé in am acu slán a fhágáil ag a chéile. Bhí cairde ag teacht in araicis na gcailíní agus gluaisteán acu le hiad a thabhairt a fhad leis an lóistín. Maidir leis an stócach, thug sé aghaidh ar stáisiún na traenach faoi thalamh.

Gärdet atá ar an stáisiún is cóngaraí do Chuan Värta, áit a dtagann na longa farantóireachta i dtír. An Clós is brí le Gärdet, agus is éard atá ann ná giorrúchán den ainm iomlán *Ladugårdsgärdet*, nó Clós an Sciobóil—chaithfeá do gháire a dhéanamh faoi ainm chomh tuathúil sin i gceannchathair seo Chríoch Lochlann. Nuair a bhí mo dhuine i Stócólm ina aonar an chéad uair riamh, bliain amháin roimhe seo, ghlac sé leis roimh ré nach mbeadh sé in ann cuimhne cheart a choinneáil ar ainm an stáisiúin seo, agus go mbeadh sé ní ba chiallmhaire dul ar an traein agus, ag filleadh abhaile dó, tuirlingt di ar chríochstáisiún na líne céanna, Ropsten, ó bhí sé sách cóngarach do Chuan Värta chomh maith. I ndiaidh an iomlachta, áfach,

T-CENTRALEN

fuair sé amach go raibh na comharthaí eolais i gcríoch-
fort na long chomh soiléir is go n-aithneodh an dearg-
amadán féin iad. Anois, ba dóigh leis go raibh sé ina
thaistealaí sheanchleachta cheana, agus ní raibh moill
ar bith air stáisiún Gärdet a bhaint amach. Cheannaigh
sé ticéad go T-Centralen, lárstáisiún na dtraenach faoi
thalamh a bhí suite díreach taobh thíos de phríomh-
stáisiún na ngnáth-thraenach.

I ndiaidh dó T-Centralen a shroicheadh chaith sé
tamall fada ag máinneáil agus ag moilleadóireacht leis
ar stáisiún na traenach. Chuala sé teanga a thíre féin ar
fud na háite, chomh maith le teangacha eile na
n-inimirceach a tháinig go dtí an tSualainn ó cheithre
hairde an domhain i ndiaidh an Dara Cogadh
Domhanda: an Iodáilis, an Spáinnis, an Tuircis, an
Araibis. Má mhothaigh sé guth ógmhná ag labhairt a
theanga féin, chaith sé súil i dtreo an chainteora
féachaint an mbeadh bean de ghirseacha na loinge ann,
ach ní raibh.

Nó is amhlaidh a bhí sé ag crothnú na gcailíní sin
uaidh. Níor éirigh leis riamh roimhe seo teacht i
dteagmháil chraicinn le haon bhean chomh sciobtha,
chomh spontáineach, chomh nádúrtha sin. Níor éirigh
leis dearmad a dhéanamh den mhothú a bhí i
gcraiceann na girsí duibhe. Shílfeá gur síoda a bhí ann.
An ghirseach bhocht ar chuir mo dhuine cluain uirthi
lena chuid baothchainte faoi ghrá bhí sí réasúnta
dathúil ach ní raibh craiceann chomh síodúil sin aici.
Agus maidir leis an gcailín rua—bhuel chomh tíriúil,
chomh dána is a bhí sí ag labhairt leis d'fhág sé sórt
gliondar air smaoineamh uirthi.

An tSlaivéin

An raibh gá leis an diabhal grá ar aon nós? Ní raibh ann ach crá croí a d'fhágadh in umar na haimléise thú. Na mná óga sin ar bhord na loinge, áfach—chuir siad mothúcháin ar mo dhuine ab fhearr ná an grá sin nár chreid aon duine ann pé scéal é. An buíochas a ghlac sé leis an gcailín dubh i ndiaidh di faoiseamh láimhe a thabhairt dó. An fonn a bhí air cailín chomh deas léise a shásamh lena chuid méar. An trua agus an daonnacht, an chomhdhaonnacht b'fhéidir, a ghlac sé leis an ngirseach rua agus í fágtha i leataobh. Ba dóigh leis, ar feadh tamaill ar a laghad, gur chás leis cás na gcailíní seo. Más peaca a bhí ann, dar Dia bhí tuilleadh den pheaca sin ag teastáil uaidh.

11

Turas Traenach Eile

Ansin tháinig an traein. Bhí an turas ag dul chun leadráin air, agus, ó tharla nach bhfuair sé a sháith codlata ar bhord na loinge, bhí an tuirse ag luí air go dona. Ní raibh mórán daoine in aon vaigín le mo duine, ach nuair a bhí an traein ar tí imeacht, tháinig bean óg agus a mac beag bíogúil isteach faoi dheifir agus shuigh siad síos ar an mbinse os comhair an stócaigh.

Bhí siad ag labhairt le chéile i dteanga nár thuig an stócach focal di, amach ón gcorr-logainm Sualainnise, ach nuair a chualathas an focal "tolv", dáréag, as an gcallaire mar chuid d'fhógairt éigin, thosaigh an leanbh ag scairteadh leis: "Tolv, tolv, tilvi-tolv". B'fhéidir go raibh an tachrán ag cur ghramadach a theanga féin i bhfeidhm ar an bhfocal Sualainnise. Sin rud ar chuir an stócach suim ann, mar ba dual don teangeolaí.

Chaith an mháthair óg súil i dtreo mo dhuine mar a bheadh sí ag déanamh a leithscéil thar ceann a mic, ach ní raibh an sampla bocht ag cur isteach ar an stócach ar aon nós ná slí. Ní dhearna mo dhuine ach meangadh fáiltiúil a chur air féin leis an mbeirt acu. Rith leis gurbh fhéidir go raibh eachtrannaigh cosúil leosan thíos le ciníochas, agus gur theastaigh uathu aghaidh

67

lách chairdiúil a fheiceáil. Tháinig aoibh gháire ar an leanbh chomh maith, agus é ag breathnú go fiosrach ar an bhfear óg.

Bhí a fhios ag mo dhuine an dóigh a gcuireann an teanga Araibise malairt gutaí idir na consain le foirmeacha gramadúla a chruthú. An Araibis a bhí ar siúl ag an dís acu? Ní raibh cuma an Mhuslamaigh ar an máthair óg, áfach. An chulaith a bhí sí a chaitheamh ba sciorta fada fairsing í. Chuir na dathanna gáifeacha éadaí na nGiofóg i gcuimhne don stócach, agus san am chéanna d'fhág an chulaith uachtar na gcíoch ris ar fad, díreach cosúil leis na cailíní Baváracha agus iad ag riar beorach ar chuairteoirí an *Oktoberfest* i München.

Ní raibh focal ná a leath ag an stócach leis an mbean óg ná leis an mbuachaill beag, nó nuair a tháinig an traein a fhad le Linköping thuirling siad. Muise ní fhéadfá imeacht ar an stáisiún mícheart, nó nuair a bhíodh an traein díreach ag teannadh a coscán, thagadh garda mná isteach agus í ag fógairt agus ag athfhógairt ainm an stáisiúin ar eagla nár thuig duine éigin na focail ón gcallaire: Linköping... Linköping... Linköping... No: Alvesta... Alvesta... Alvesta... Nó: Tranås... Tranås... Tranås... Cosúil le muintir na Sualainne go léir bhí blas barrúil ar a teanga, díreach mar a bheadh sí ag canadh amhráin, ach mar sin féin thuig mo dhuine í.

Trelleborg a bhí ar an stáisiún deireanach ar thaobh na Sualainne. Chuala an stócach go bhfuair an áit a hainm as caisleán Uigingeach de chineál ar leith nach bhfeicfeá a leithéidí ach sa Danmhairg agus i ndeisceart na Sualainne—an chuid den tír a d'fhorghabh na Sualannaigh ó na comharsana theas nuair a bhí na Lochlannaigh sásta cogaí a chur ar a chéile go fóill.

An tSlaivéin

Ba chuimhin leis an mbuachaill úrscéal a léigh sé faoin saol a bhí ag muintir na Sualainne Theas san am sin, úrscéal a tháinig ó pheann duine de scríbhneoirí móra na Sualainne. Bhí sé ina dhéagóir nuair a casadh an leabhar sin air, agus é ag iarraidh greim ceart a fháil ar an teanga. Cé go raibh canúint aisteach de chineál éigin le haithint ar stíl an údair, ní raibh mo dhuine i bhfad ag críochnú an leabhair, nó ba í teanga a athar í, agus chaithfeadh sé í a fhoghlaim chomh paiteanta agus a d'fhéadfadh sé. "Tír na bhFealltóirí" an teideal a bhí ar an leabhar, agus ba iad na fealltóirí na scológa bochta a raibh cónaí orthu ar na críocha a chuaigh ón Danmhairg chuig an tSualainn sa tseachtú haois déag. Níor theastaigh ón gcosmhuintir seo páirt a ghlacadh sna cogaí a bhí na ríthe Sualannacha agus Danmhargacha a chur ar a chéile, a d'áitigh an scríbhneoir, agus é ag tabhairt cur síos ar iarsmaí na gcogaí: ar na sean-saighdiúirí ar leathshúil is ar leathchois, chomh maith leis na cailíní tuaithe agus iad éignithe ag na saighdiúirí céanna. D'imigh sin agus tháinig seo, a shíl an fear óg. Inniu ní rithfeadh le muintir na Sualainne cogadh a chur ar na Danmhargaigh, agus rachadh sé rite leat dhá thír a fháil a mbeadh caidreamh chomh cairdiúil céanna eatarthu.

Ansin chaithfeadh mo dhuine an bád farantóireachta a thógáil go Sassnitz sa Ghearmáin—in Oirthear na Gearmáine nach raibh ach díreach i ndiaidh bráca an Chumannachais a chaitheamh de agus aontú leis an nGearmáin eile. Inniu, ba nós "na ballstáit nua" a thabhairt orthu: an tSacsain, an tSacsain-Anhalt, Brandenburg, Thüringen, agus Mecklenburg-Vorpommern. Bhí Sassnitz suite sa cheann deireanach acu.

Turas Traenach Eile

"An Réamh-Phomaráin" ba bhrí le "Vorpommern". Maidir leis an bPomaráin féin ba chuid den Pholainn í anois. Bhí príomhchathair an réigiúin sin, Szczecin, suite díreach in aice leis an teorainn, agus ar an taobh Gearmánach de, ba é Pasewalk an chéad áitreabh arbh fhiú cathair a thabhairt air—áit ar chaith Hitler féin seal ag bisiú i ndiaidh an ionsaí gáis a bhain radharc a shúl de ar feadh tamaill, díreach i ndeireadh an Chogaidh Mhóir. *Pommern* a thugadh na Gearmánaigh ar an réigiún ina dteanga féin, ach ba é an t-ainm Polainnise a bhí air ná *Pomorze*, focal a chiallaigh Chois Farraige, mar ba léir don stócach, chomh cosúil is a bhí an tSlaivéinis agus an Pholainnis le chéile. Dáiríribh nuair a chonaic sé an dá theanga in aice le chéile i dtéacsleabhar an léinn Shlavaigh, chuaigh de ar dtús an Pholainnis a aithint mar theanga ar leith—ba é an tátal ba dual dó a bhaint aisti ná gur canúint réasúnta deacair de chuid na Slaivéinise a bhí ann.

12
An Ghearmáinis
ina Tost

Gamhain seanbhó a bhí i mo dhuine, agus a mháthair ag druidim leis an dá scór d'aois nuair a saolaíodh eisean. Mar sin, ba chuimhin lena mháthair blianta an chogaidh agus í ina déagóir óg san am. Cosúil lena mac chuaigh sí leis an léann Gearmánach mar phríomhábhar staidéir san ollscoil, agus na téacsleabhair a d'úsáideadh sí ina bean óg di chaith siad le cuid mhór de thíortha Slavacha Oirthear na hEorpa mar a bheadh cuid den Ghearmáin nó den tsaol Ghearmánach iontu i gcónaí. Ba dual di Stettin a thabhairt ar Szczecin sa Pholainn, agus fuair sí Brünn i bhfad ní ba sofhuaimnithe mar ainm ar an gcathair ba mhó i nDeisceart na Moraive ná Brno. Maidir le Bjela Voda, príomhchathair na Slaivéine, chaith sí tamall i mbun a machnaimh sular tuigeadh di gurbh ionann an áit sin agus Weißwasser.

Ní raibh máthair an stócaigh ina Naitsí ná geall leis, ná fuath aici do na Slavaigh. B'ábhar gliondair agus sástachta di, chomh maith le duine, gur éirigh leis na Slaivéanaigh a saoirse a bhaint amach i ndiaidh oíche fhada an tSóivéadachais. Ón taobh eile de áfach ba é Weißwasser an gnáthainm ar Bjela Voda ina tír féin nuair a bhí sí ag cur aithne ar an saol ina timpeall, agus ba iad sloinnte na scríbhneoirí áitiúla Gearmáinise ba réidhe a shamhlaigh sí leis an gcathair sin. Bhí sí sásta na leabhair le Vitk a léamh nuair a mhol a mac is a fear céile di iad, agus d'admhaigh sí gur léargas spéisiúil a bhí iontu ar shaol cultúrtha na cathrach i ré na Slaivéanach. San am chéanna bhí sí ag caí is ag cásamh an dóigh ar imigh an Ghearmáinis agus an Gear-mánachas as an áit.

D'admhaigh Vitk féin nár fhoghlaim sé Gearmáinis riamh, amach ó na focail Naitsíocha nó na horduithe míleata a bhí le cloisteáil ar fud na hEorpa i mblianta an Dara Cogadh Domhanda: *Achtung, Halt, Heil Hitler, Ausweis, Volksdeutscher, Hände hoch, Schutzstaffel, Sturmbannführer,* agus mar sin de. Fear ilteangach iltíreach a bhí i Vitk gan dabht gan déidearbhadh, agus d'aistrigh sé cuid mhaith filíochta agus litríochta ó theangacha iasachta go Slaivéinis, ach ba iad na teangacha a bhí aige féin ná an Béarla, an Fhraincis, an Iodáilis agus an Spáinnis. Bhí tagairtí do litríocht na Ghearmáinise ina chuid scríbhinní ar ndóigh, ach má bhí féin ba léir nár léigh sé í ach in aistriúcháin. Agus an oiread is a léigh sé ba iad na húdair mhóra a bhí i gceist aige, iad siúd a ndeachaigh a n-ainmneacha ar fud an domhain, cosúil le Thomas Mann nó Rainer Maria Rilke. Níor tháinig mo dhuine riamh ar aon tagairt ag Vitk do dhuine de na scríbhneoirí a thug cur síos Gearmáinise ar an gcineál saol a bhí ag muintir Weißwasser fadó.

Ar ndóigh bhí an teanga go paiteanta ag tuismitheoirí Vitk mar ba dual dá nglúin sa tSlaivéin, ach b'ábhar scanraidh don scríbhneoir, agus é ina bhuachaill bheag, fuaimeanna coimhthíocha na Gearmáinise a chloisteáil óna mháthair an chéad uair riamh. Ní raibh i gceist ach comhrá cairdiúil le duine de sheanfhondúirí na cathrach, agus ní raibh i Hitler san am ach bolscaire tábhairne nach ndeachaigh a chlú ná a mhíchlú mórán thar chríocha na Baváire, ach mar sin féin chuir urlabhra na Gearmáinise coimhthíos ar Vitk ón gcéad lá ar casadh an teanga air, agus níor bhac sé riamh leis an gcoimhthíos sin a leigheas ar an t-aon dóigh amháin a bhí ann.

Maidir leis an gcaifé ina mbíodh na filí agus na prós-scríbhneoirí ag teacht le chéile agus ag cardáil chúrsaí an tsaoil agus cheisteanna na healaíne sna fichidí agus sna tríochaidí, is é sin, Café Panslavia, d'aithin máthair an stócaigh é faoin ainm Café Weißkolmer, agus é á ghnáthú ag na scríbhneoirí Gearmáinise i Weißwasser roimh thitim na Démhonarcachta as a chéile i ndiaidh an Chéad Chogadh Domhanda. Déanta na fírinne fuair an caifé a ainm nua roinnt bhlianta sular tháinig deireadh le monarcacht na Danóibe, ó bhí lucht labhartha na Slaivéinise ag dul i saibhre i bhfad roimhe sin, agus iad ag dul chun cinn i saol eacnamúil Weißwasser dá réir sin.

Mar sin níorbh iad na Cumannaigh a chuir ruaig ar an nGearmáinis as Oirthear na hEorpa ar dtús, ach na náisiúin bheaga sa taobh sin den mhór-roinn. Ina dhiaidh sin féin b'éigean do mo dhuine a admháil go raibh cuid áirithe den cheart ag a mháthair. Ba mhór an trua nár aithin scríbhneoirí cosúil le Vitk

leanúnachas cultúrtha ar bith idir a gcathair féin agus
stair Ghearmánach na háite. Agus maidir leis na
daoine óga cosúil le hIvona, chomh díograiseach is uile
a bhí siad ag foghlaim Gearmáinise anois, bhí mo
dhuine cinnte nárbh í stair cheilte a dtíre a spreag chun
na hoibre sin iad, ach an t-airgead a bhí le saothrú ag
freastal ar na turasóirí ón nGearmáin.

Nuair a bhí an traein ag déanamh a bealaigh i dtreo
Trelleborg bhí a dhóthain ama ag mo dhuine lena
mharana a dhéanamh ar an teagmháil chollaí ar bhord
na loinge roimhe sin. Buachaill cúthail cotúil a bhí ann
riamh. Mar a deireadh Maim ní raibh dóigh aige ar na
daoine. Mar sin féin d'éirigh leis an cailín dubh dathúil
sin a mhealladh chun súgartha chomh spontáineach
sin. Bhuel ar ndóigh ba léir ón tús nach éanacha aon
ealt iad eisean agus na girseacha sin. Má bhí ragús air
ghlac sé leis san am chéanna nárbh é deireadh an tsaoil
é dá ndiúltóidís faoi chraiceann é. B'fhurasta leis a
shamhlú cad é mar a d'éireodh dó dá gcasfaí cailín
oiriúnach air ar bhord na loinge—girseach nach
mbeadh boladh na dtoitíní aisti, meabhróg a mbeadh
na leabhair chéanna léite aici. Ansin thitfeadh an lug ar
an lag aige agus ní fhéadfadh sé oiread is focal a rá leis
an gcailín. De réir dealraimh ní bheadh cumann ceart
grá, cailín ná bean chéile aige choíche. Chaithfeadh sé
leor a ghabháil leis sin agus díriú ar chliobóga tíriúla a
bheadh sásta an chorroíche a chaitheamh leis.

Ach anois, b'in é an fhadhb féin. Ós buachaill
rómánsúil goilliúnach a bhí ann ní bhfaigheadh sé óna
chroí é. Caith súil ort féin a mhic: bhí sé deas ar fad do
shult a bhaint as an gcailín dubh inné, ach anois tá tú do
do chrá cheana féin le fastaoim aiféiseach domhain-

smaointeoireachta faoi chúrsaí moráltachta agus geanmnaíochta. Cén fáth nach féidir leat an saol—agus craiceann na gcailíní—a ghlacadh ina mhórmhisneach mar a thagas sé?

Bhuel ar a laghad bhí mo dhuine tar éis dearmad a dhéanamh d'Ivona agus den nóisean a thug sé di i rith a gcomhfhreagrais agus é i mbun an mhachnaimh seo. Caithfidh sé gurbh é radharc na mná óige agus a mic ba mhó a spreag na smaointí duairce seo faoin gclann nach saolófaí dósan choíche. Cé go mbíodh an leanbh á iompar dána go maith ó am go ham ba léir go raibh an mháthair an-doirte dó. Bhíodh sí ag cur spraice air ina teanga féin uaireanta, agus faobhar géar ar a guth, ach ina dhiaidh sin ní bhíodh sí i bhfad ag éirí geal-gháireach arís. Ba mhinic a thugadh sí póg don mhac, agus ag smaoineamh ar an radharc sin dó mhothaigh an fear óg deora ag teacht lena shúile.

13
An Lánúin
ón tSualainn

Sa deireadh bhain an traein amach Trelleborg. Chuala an stócach lánúin óg Shualannach ag déanamh iontais de chomh tearc is a bhí na Béarlóirí in Oirthear na Gearmáine i gcónaí—de réir sheanchas a gcairde a bhí tar éis cuairt a thabhairt ansin cheana féin—cé go raibh an Cumannachas imithe le cúpla bliain. Nár chóir do mhuintir Oirthear na Gearmáine teanga dhúchais na saoirse is an ghuma choganta a fhoghlaim go paiteanta idir an dá linn? Thug mo dhuine spléachadh don bheirt sin. Spanlóir ard d'fhear óg a bhí ann agus cailín deas meallacach macnasach ina chuideachta. Buíochas mór le Dia ní raibh an bhean óg ag caitheamh an iomarca éadaigh, a shíl an stócach, agus meangadh draothgháire air leis féin. An raibh deacrachtaí ag an dís sin leis an nGearmáinis? Anois mhothaigh an fear óg bród áirithe ag teacht air as an dóigh ar mhúin sé scoth na Gearmáinise dó féin ina dhéagóir óg dó. Greannmhar go leor áfach bhí ag dul rite leis cuid Sualainnise na lánúine a thuiscint. Ba léir gurbh as deisceart na tíre dóibh, agus shílfeá gur

78

An Lánúin ón tSualainn

Gearmánaigh a bhí iontu féin nach raibh Sualainnis ó dhúchas acu, leis an gcramba uafásach a bhí ar a dteanga. Bhí cuma an lúthchleasaí ar fhear na lánúine, ach san am chéanna bhí bosca toitíní i bpóca tosaigh a léine aige agus é ag útamáil leis mar a bheadh cathuithe móra air ceann a dheargadh.

Chuir an stócach an chéad oíche eile de ag iarraidh breith ar nóiméad amháin codlata ar bhord na loinge farantóireachta. Cinnte ní raibh sé in ann dearmad a dhéanamh de chraiceann an chailín dhuibh ná den teas a d'aithin sé inti, teas an duine bheo. B'fhéidir nach raibh mórán grá sa teagmháil chraicinn sin ach ar a laghad bhí an bheirt acu dírithe ar mhaitheas a dhéanamh dá chéile. Chomh difriúil is a bhí siad d'éirigh leo aitheantas a thabhairt dá chéile mar dhaonnaithe. Nuair a chonaic sé an tonn aoibhnis ag teacht ar an ngirseach dhubh mhothaigh sé a chroí ag preabadh le teann lúcháire: bhí sé in ann a leithéid d'áthas a chur ar dhuine eile, rud nár chuma leis faoi.

Nuair a gheal an lá os cionn Sassnitz agus mo dhuine ag glacadh a shuíocháin ar thraein Ghearmánach, tháinig sé chun solais gurbh iad an lánúin ó Dheisceart na Sualainne a bhí ag taisteal in aon urrann leis. Nuair a fuair siad amach go raibh Sualainnis aige bhí siad breá sásta caint agus comhrá a dhéanamh leis, agus de réir a chéile chuaigh mo dhuine i dtaithí a gcanúna-san.

Mic léinn a bhí iontu ar ndóigh, agus iad ag déanamh staidéir ar chúrsaí gnó. Bhí siad le Gearmáinis a fhoghlaim, leis, ach má bhí focal den teanga sin ina bpluc bhí siad róscanraithe nó róchúthail le triail a bhaint as. Bhí an Béarla go maith acu, mar ba dual do na Sualannaigh óga go léir, agus ba chúis iontais dóibh i gcónaí go mbacfadh aon duine le teangacha iasachta eile seachas é ar aon nós. Ábhar adhnua a bhí ann dóibh freisin go raibh a dteanga dhúchais ag mo dhuine—nach raibh sí deacair? Ní raibh siad ábalta a thuiscint ach an oiread cén fáth a rachadh aon duine go dtí an tSlaivéin. Nuair a luaigh mo dhuine Ivona, áfach, d'athraigh na Sualannaigh óga a bport ó bhonn. Anois thosaigh siad ag spochadh as an stócach go magúil, agus iad ag tabhairt le fios gurbh iad na cailíní an t-aon chúis amháin le haon duine aghaidh a thabhairt ar thír chomh haisteach, chomh haistreánach, chomh heas-cairdiúil leis an tSlaivéin.

In íochtar a chroí ghlac mo dhuine masla thar cionn mhuintir na Slaivéine go léir nuair a chuala sé na cainteanna éadromchroíocha seo ó na Sualannaigh, ach má ghlac féin, rinne sé an plána mín de. Ní raibh a fhios ag na diabhail bhochta an gheit a bhain scríbhinní Vitk as an stócach agus é ina spruicearlach déagóra ag iarraidh treo a shaoil féin a shocrú. Agus dá bhféach-fadh sé lena mhíniú dóibh ní thuigfidís. Ní raibh gach uile dhuine chomh tugtha leis féin don litríocht, ná in ann a thuiscint go bhféadfadh leabhar ar bith cor a chur i do chinniúint. Rud a bhí ann a d'fhoghlaim an stócach a ghlacadh ar nós na réidhe, cé gur mhothaigh sé é féin ina éan chorr i measc daoine óga arbh é an rac-cheol an t-aon chineál ealaíne, más ealaín a bhí ann, a raibh siad ábalta a bheith paiseanta ina thaobh.

Ina dhiaidh sin féin bhí an lánúin seo lách cineálta le mo dhuine, agus iad breá fiosrúil ag cur ceisteanna air i leith gnéithe éagsúla de chultúr na Gearmáine. Bhí suim acu sa chócaireacht agus sna tithe ólacháin, ar ndóigh, agus cé nár bhlais mo dhuine den stuif bhorb riamh, bhí sé sásta a mhúineadh don bheirt acu gur biotáille an-láidir a bhí i gceist le deochanna ar nós *Kirschwasser* nó *Zwetschgenwasser*, cé gurbh é *Wasser* an focal Gearmáinise ar "uisce". "Cé go bhfuil na cineálacha seo *Wasser* chomh geal leis an uisce bíodh a fhios agaibh nach é an t-uisce atá iontu ach an stuif geal úd eile," ar seisean go magúil.

"Ceart go leor," a d'fhreagair an cailín, "ach fan leat fós, cad é an focal a bhí agat... *Zetsch—Wetsch—*"

"*Zwetschgenwasser*," arsa mo dhuine."

"Cad é an rud é *Zwe—Zwetsch—*?"

"Pluma. An toradh a dtugann tú *sviskon* air i do theanga féin," arsa an stócach. "Is ionann é mar fhocal."

Theastaigh ó na Sualannaigh a fháil amach freisin an raibh mórán de na Gearmánaigh báúil leis na Nua-Naitsithe. Ní raibh iontas ar bith ar an stócach an cheist seo a chloisteáil uathu, nó faoin am seo bhí sé ar fud na nuachtán go raibh na maolchinn ar buile ar fad ag cur tithe trí thine i bplódcheantair an lucht inimirce i "mballstáit nua" na Gearmáine.

"Ní chreidim go bhfuil, muis," a dúirt sé, ach déanta na fírinne ní raibh sé róchinnte, go háirithe más é an sean-Oirthear iar-Chumannach a bhí i gceist. "Más é Iarthar na Gearmáine atá agat is ar éigean is féidir leat teacht ar dhuine mheánaicmeach a bheadh sásta luiteamas ar bith a admháil le haon chineál Naitsíochas, sean nó nua," a d'áitigh sé. "Na daoine coimeádacha féin is leis na Stáit Aontaithe atá a ndáimh. Le saoirse agus le saibhreas an Oileáin Úir." Chuaigh sé ina thost ar feadh tamaill sular labhair sé leis arís. "Ach anois caithfidh mé a admháil nach bhfuil mé leath chomh heolach sin ar an gcuid iar-Chumannach den tír. Chaith

mé tamall in Iarthar na Gearmáine i mo dhéagóir dom, ach níl a fhios agam i dtaobh an Oirthir ach an méid a léigh mé sna leabhair."

"Tír dhorcha an Chumannachais," arsa an cailín, agus bhain na focail sin racht gáire as an triúr acu.

"Cosúil le Mordor," a dúirt an fear óg Sualannach, agus b'ábhar gáire eile é.

"*Ash nazg durbatulûk*," arsa an stócach ag iarraidh fuaimeanna inchreidte a chur le focail na Teanga Duairce, agus ansin, chaith siad tamall ag sárú a chéile le tagairtí aiféiseacha do Thiarna na bhFáinní.

Ansin, thosaigh an stócach ag cabaireacht leis faoin nGearmáin arís.

"Anois, caithfidh mé a rá, cé nár tháinig mé féin a fhad le hOirthear na Gearmáine riamh i ré an Chumannachais, gur thug mo mháthair cuairt ar an áit cúpla bliain roimh imeacht an chórais Shóivéadaigh. Thosaigh sí ag taisteal nuair a chuaigh sí ar pinsean agus ceann de na háiteanna dá bhfaca sí ansin ab ea Oirthear na Gearmáine."

"Cad é mar a chuaigh an tír i bhfeidhm uirthi?" a d'fhiafraigh an cailín Sualannach.

"Bhuel ní raibh sé chomh dona is a shílfeá. Is éard a dúirt sí go bunúsach ná go raibh gach uile shórt ag breathnú cosúil leis na seachtóidí. Bhí leabhar aici a raibh scéalta ann le heasaontóirí polaitiúla ó Oirthear na Gearmáine, ach is dócha nár aithin aon duine é, toisc gur leabhar Sualainnise ab ea é. Ar a laghad ba chuma le fear an chustaim faoi. Chaith sé súil ar an ngraiméar Béarla a bhí fanta i mála mo mháthar óna laethanta ina múinteoir teangacha di, ach nuair a thuig sé cén cineál leabhar a bhí ann ba dóbair dó é a chaitheamh uaidh le teann dímheasa. Caithfidh sé nár thaitin na teangacha leis ar aon nós nuair a bhí sé ar scoil."

Rinne na Sualannaigh gáire éigin faoin scéal agus dúirt an bhean óg: "Mar sin bhí Béarla éigin á fhoghlaim acu ar scoil?"

"Bhí muis, ach is dócha nach raibh sé ag teastáil uathu i ndiaidh na scoile. Ní raibh mórán teagmhála ag Tadhg an mhargaidh leis na heachtrannaigh sa ghnáthshaol ná gá aige leis an mBéarla. D'imigh sin agus tháinig seo áfach, nó d'athraigh na cúrsaí ó bhonn. Anois caithfidh siad Béarla a fhoghlaim, nósanna an tsaoil mhóir a thógáil, agus is léir go bhfuil eagla ar chuid acu roimh an athrú sin. An eagla sin is cúis leis na hionsaithe ar an lucht inimirce dar liomsa."

Ansin fuair fear na lánúine go raibh sé in am aige na rudaí a rá os ard a bhí ar a intinn:

"Bhuel chaith siad na blianta fada ag tarraingt tuarastail cé nach raibh siad ag saothrú brabúis ar aon nós." Cé nár dhearg sé toitín ar bith fad is a bhí sé ina shuí ar an traein seo, bhí an stócach den bharúil go raibh faobhar garbh an chaiteora ní ba láidire ar a ghuth ná roimhe seo. "Sinne," a lean an Sualannach leis, "agus cónaí orainn i dtíortha na saoirse, bhí rud fónta á dhéanamh againn as ucht ár gcuid pá"—ní raibh sa mhéid seo ar ndóigh ach teoiriceoireacht, nó is ar éigean a bhí bang oibre déanta ag fear chomh hóg sin riamh—"bhí muid ag táirgeadh breisluacha, agus déantús earraí úsáideacha idir lámhaibh againn. Bhí na daoine á n-íoc de réir a dtáirgiúlachta, de réir chomh bisiúil is a bhí siad. Na Cumannaigh áfach bhí siad ag coinneáil bia agus beatha le daoine nach raibh ach ag cur i gcéill go raibh siad ag obair..."

An Lánúin ón tSualainn

Mhair an Sualannach óg ar an téad seo ar feadh tamaill, agus nuair a mhair, chuaigh a chuid sean-móireachta chun leadráin go sciobtha. Ghlac mo dhuine leis gurbh é seo ceartchreideamh na scoile eacnamaíochta, agus leis an dóigh a raibh fear na lánúine ag craobhscaoileadh an tsoiscéil sin shílfeá gur leis féin ba mhó a bhí sé ag caint, agus é ag iarraidh foirceadal glanmheabhraithe a chur ina shuí air féin. Bhí iarracht den fhanaiceachas le haithint ar an ráig roscaireachta seo go léir, rud a tuigeadh d'fhear a haithrise féin i ndiaidh an iomláin, nuair a chonaic sé a chailín agus an stócach á n-únfairt go míchompordach ina suíocháin. Chuaigh tamall beag ciúnais thart, ach ansin rinne an stócach iarracht leis an scéal a ligean amach ar ghreann agus cúrsaí cultúir na Gearmáine a phlé leis an lánúin arís. Ba léir go raibh na Sualannaigh óga buíoch beannachtach as an dóigh a ndeachaigh sé i gceannas ar an gcomhrá, agus de réir a chéile d'éirigh leis feabhas éigin a chur ar an atmaisféar.

14
Saoirse Bheirlín ar na saoltaibh seo

Thuirling an triúr acu ón traein i mBeirlín. Bhí an lánúin lena scoil teanga a bhaint amach i ndiaidh an turais chomh géar gasta agus ab fhéidir, agus ar ndóigh chabhraigh an stócach leo ciall a bhaint as bróisiúir Ghearmáinise na scoile. Nuair a tháinig an triúr acu ar chomhaontú faoin ngléas siúil ab fhearr dóibh a thógáil, d'fhág an lánúin slán agus beannacht ag mo dhuine, agus thug an cailín, fiú, póg leicne dó. Tríd is tríd, cé go bhfuair mo dhuine seanmóir an ógfhir Shualannaigh cineál aisteach, ní raibh an iomarca caille ar an mbeirt acu mar chuideachta.

Bhí cuid mhaith ama ar a phraeic ag an stócach roimh imeacht na traenach go Bjela Voda. Chaith sé tamall ag spaisteoireacht timpeall an stáisiún nó ina shuí san fheitheamhlann. Chaith sé súil ar na hirisí a bhí ar díol: bhí ceann acu, *Coupé*, ag fógairt go raibh cailín naoi mbliana déag darbh ainm Sabine ag admháil taobh istigh den iris go mbíodh órgasaim osnádúrtha aici lena banchara leispiach, agus go raibh an gnáthbhualadh craicinn leis an bhfear a dtugadh sí a grá geal air an dá oiread níos fiaine ina dhiaidh sin. Nó, le bheith beacht, níorbh é "fiain" an focal a bhí aici ach *hemmungslos*, neamh-urchoillte—téarma síceolaíochta a chuaigh greamaithe go smior i dteanga na bhfilí is na bhfealsún ó laethanta Sigmund Freud i leith. Níorbh fhéidir a rá nach mbeadh spéis ag mo dhuine i scéalta den chineál sin, ach déanta na fírinne ghlac sé leis go raibh cnámha loma na hadmhála ar eolas aige cheana féin anois agus nach raibh na mionsonraí ag teastáil uaidh. Thairis sin, i ndiaidh na teagmhála leis an gcailín dubh mhothaigh sé nach raibh an phornagrafaíocht in ann mórán sceitimíní a chur air a thuilleadh. B'fhéidir go mbeadh grianghraif de Sabine agus a banchara leispiach le feiceáil taobh istigh den iris, ach ba chuma. Thug sé faoi deara sluaghairm fógraíochta *Super-Illu*, iris nua caidéise a bhí ag díriú ar mhuintir Oirthear na Gearmáine thar aon dream eile: *Wir sind so frei—wer denn sonst?* "Chomh saor atáimid—cé eile a bheadh?" Ar ndóigh, bhí imeartas focal ann, nó nuair a deir an Gearmánach go bhfuil sé "chomh saor," *so frei*, is éard atá sé a rá nach bhfuil a dhath á stopadh ó dhul chuig na pictiúir, cuir i gcás, más é sin an rud a d'iarrfá air. Ina dhéagóir dó shúigh an stócach chuige a chuid féin den fhrithchaipitleachas intleachtúil a bhí fite fuaite leis an diospóireacht phoiblí ina thír, rud a chiallaigh go raibh sé traidhfilín sceipteach i leith an cineál *Freiheit* a bhí i gceist, ach mar sin féin fuair sé an tsluaghairm seolta go maith. *Super-Illu*—ar ndóigh, *Illustrierte*, nó iris le pictiúir, ba bhrí leis an ngiorrúchán sin *Illu*, ach d'fhéadfá an bhrí *Illusion*—baothdhóchas nó aisling bhréige—a bhaint as chomh maith. Aisling bhréige na saoirse b'fhéidir.

Sa deireadh níor cheannaigh sé *Coupé* ná *Super-Illu*. Roghnaigh sé *Stern* a bhí ar maos le scéalta faoin bhforéigean ciníoch in Oirthear na Gearmáine cosúil le gach uile liarlóg eile ar fud an domhain ar na saoltaibh seo. D'fhéach sé lena aird a thabhairt ar na scéalta, ach ní raibh sé in ann mórán léitheoireachta a dhéanamh chomh tuirseach is a bhí sé de cheal codlata. Chaith sé tamall fada ag baint lán a shúl as pictiúr an phlódtí a bhí ar bharr lasrach i ndiaidh an ionsaí a rinne na maolchinn, agus chuir sé an cheist air féin, an í *Super-Illusion der Freiheit*, sáraisling bhréige na saoirse, a bhí ag dul trí thine ansin.

I dtoibinne mhothaigh sé go raibh duine éigin ag ábhaillí lena chuid gruaige.

Bean a bhí ann agus meangadh siúcrúil gáire uirthi leis. Ní fhéadfá a rá go raibh sí gránna ná míofar, a mhalairt ar fad, ach ba léir nach raibh sí ró-óg a thuilleadh, agus cé go raibh coinnle bíogúla ina súile a thaitin leis an stócach bhí stiúir bhréagach uirthi, agus í ag iarraidh cuma agus cuntanós an chailín óig a choinneáil uirthi féin i ndiúnas ar an am a chuaigh thart ó bhí sí ina déagóir. Bhain sí croitheadh as folt an stócaigh agus dúirt sí:

"*Du Musikant?*"

Bhí an cheist soiléir go leor: an ceoltóir thusa? Bhí cuid den ghramadach fágtha ar lár aici, ach ní raibh an stócach cinnte an eachtrannach a bhí inti féin nach raibh ach breac-Ghearmáinis aici, nó an ag simpliú na teanga ar mhaithe leis an bhfear ón gcoigríoch a bhí sí. Ba léir nach Gearmánach a bhí ann féin, agus ó nach ndeachaigh scian an bhearbóra ar a fholt gruaige le tamall anuas, shíl sí gur rac-cheoltóir a bhí ann.

Saoirse Bheirlín ar na saoltaibh seo

Ní rómhinic a bhíodh na mná ag spallaíocht leisean, ach ní raibh cuideachta mná meánaosta ar dáir ag teastáil ón mbuachaill. Thug sé freagra giorraisc seachantach don bhean, agus sa deireadh d'imigh sí óna thaobh. Tamall ina dhiaidh sin, áfach, chuir mo dhuine an bhean chéanna faoi deara arís píosa maith achair uaidh. Bhí sí ina seasamh i gcineál roinn agus sórt landair beagnach ag teacht idir í agus radharc súl an stócaigh. An céile comhrá a bhí aici, maistín mascalach mórmhatánach a bhí ann agus é breac le tatuálacha. Ní raibh mórán den fhear seo le feiceáil i ndáiríre, ach an beagán féin ba radharc é a chuisneodh an fhuil ionat. Ní fhéadfadh an stócach a bheith cinnte gur bhain sé an tátal ceart as a bhfaca sé, ach is éard a d'aithin a shúile ná go raibh an bhean ag labhairt go gealgháireach leis an scabhaitéir scanrúil sin—ní raibh mo dhuine in ann na focail a aireachtáil, ach ar a laghad bhí a seanghnúis shiúcrúil uirthi. De spadhar, áfach, bhog an fear i dtreo na mná agus é ag ardú a dhá dhorn go bagrach, mar a bheadh bocsálaí ann. Chúlaigh an bhean cúpla coiscéim uaidh agus í ag comharthú dó éisteacht, ach ansin thug an fear cúpla buille míthrócaireach don bhean a leag is a d'fhág ina luí í.

Seo an dóigh ar chiallaigh mo dhuine na himeachtaí agus é ag cuimhneamh orthu ina ndiaidh, ach ní raibh sé suite ná siúráilte go bhfaca sé an t-iomlán seo i ndáiríre, ó nach raibh ach breacradharc aige ar an mbeirt úd, agus iad i bhfad uaidh. Baineadh geit as nuair a chonaic sé an bithiúnach sin d'fhear ag teacht ó scáth na landaire. B'fhéidir gurbh é an bligeard seo grá geal na mná, agus í ag iarraidh éad a chur air nuair a thosaigh sí ag útamáil le gruaig an stócaigh. Bhuel más

89

amhlaidh a bhí d'éirigh an iarracht sin léi thar gach riachtanas, de réir chosúlachta, agus anois bhí an ruifíneach dírithe ar an anam a fháscadh as an stócach chomh maith. Nó b'fhéidir nach raibh sa bhean ach striapach, agus an fear gránna ina fhostóir, ina *Zuhälter*, aici—b'fhéidir gurbh eisean a thug uirthi an stócach, an *Musikant*, a mhealladh chun comhriachtana, agus nuair nach raibh suim ná suiméad ag an stócach inti, gur chuir an diabhal fualáin sin an milleán uirthise—nach raibh sí in ann ragús a chur ar fhear óg a thuilleadh?

Níor tháinig an brúta ag tabhairt basctha don stócach, nó níor bhac sé le mo dhuine beag ná mór. Ina dhiaidh sin féin bhí an fear óg scanraithe as a mheabhair. Ba dóbair dó a chac a dhéanamh sa bhríste. Ar chóir dó sceitheadh ar an mbligeard? Nach raibh póilíní ná gardaí de chineál eile san áit seo? Bhí muis, chonaic sé cúpla fear meánaosta faoi shainéide ag siúl leo ar bogstróc trasna na feitheamhlainne. Ach anois, an mbeadh sé ciallmhar aige a thabhairt le fios dóibh go bhfaca sé dúnmharú, nó bogmharú ar a laghad, le súile a chinn féin? An raibh an bhean marbh? Má bhí, nár bhac an scabhaitéir leis an gcorpán a chur i bhfolach? Nach dtiocfaí ar an mbean go sciobtha dá mbeadh sí fágtha ina luí spréite ar an urlár taobh thiar den landair?

Mar a tháinig chun solais i ndiaidh tamaill, bhí an bhean ina beatha i gcónaí míle buíochas le Dia, agus ní raibh aithne na batrála uirthi. B'fhéidir gur chuir sí smideadh léi sa leithreas le lorg na mbuillí a cheilt, agus b'fhéidir fós nárbh é an chiall cheart a bhain mo dhuine as a bhfaca sé, ach mar sin féin bhí faitíos agus droch-ghiúmar ar mo dhuine anois, agus b'fhearr leis stáisiún

An tSlaivéin

Bheirlín a thréigean chomh luath in Éirinn agus ab fhéidir.

Bhí ainm ar leith ar a thraein féin, *Albaqua*—ainm Laidine nó bréag-Laidine ar Bjela Voda. Chuir an stócach cluais éisteachta air féin nuair a d'aithin sé an chéad trácht ar *Albaqua* as na callairí. Bhí sé in am aige anois súil a chaitheamh ar an teanga arís, nó i ndiaidh an oiread sin Gearmáinise a labhairt leis na daoine ar an stáisiún ba é an mothú a bhí air ná nár chuimhin leis an cúpla focal féin den tSlaivéinis. Bhí an-neirbhís air roimh an gcéad teagmháil le béal beo na Slaivéine. Chuaigh sé ar ais go dtí both na nuachtán le fiafraí den chailín ansin, an raibh a dhath as Slaivéinis aici. Ní raibh muis, cé go raibh teangacha Iarthar na hEorpa ar fud na háite, agus nuachtáin ann ón bhFrainc is ón Spáinn, ón Iodáil agus ón mBeilg, ón Ísiltír agus ón bPortaingéil féin: *La Repubblica, Le Monde, El País, Cambio 16, Osservatore Romano, Le Figaro, De Tijd, Financial Times, Paris-Match, Jornal de Noticias...* Agus an chuid ba mhó acu ní raibh an stócach in ann ciall ná adhmad a bhaint astu, nó ní raibh aon cheann de na teangacha Rómánsacha aige, agus an chuid ba mhó den bhunchúrsa Ollainnise féin ligthe i ndearmad aige. Bhuel chaithfeadh sé leor a ghabháil le leabhair Vitk arís.

Anois theastaigh uaidh go mór Ivona a fheiceáil, nó i ndiaidh an scanradh a baineadh as i stáisiún Bheirlín bhí cuideachta daoine míne macánta ag teastáil uaidh, cosúil leis an ngirseach agus a muintir. Thairis sin bhí mífhoighne ag teacht air anois agus é chomh cóngarach seo dá cheann scríbe. Ba í an tSlaivéinis an chéad teanga choimhthíoch i gciall cheart an fhocail dár fhoghlaim sé riamh. Bhí Sualainnis ó dhúchas ag a athair, agus thóg sé cuid mhaith Gearmáinise óna mháthair arbh é teagasc na teanga sin a slí bheatha. Maidir leis an mBéarla, bhí salacharaíl éigin de ag uasal agus ag íseal fud fad an domhain ar na saolta seo, an stócach go mór mór san áireamh. Níor thosaigh sé ag foghlaim na Slaivéinise ach san ollscoil, agus ba nós leis riamh dearcadh ar thíortha an Chumannachais mar a bheadh duibheagáin dorcha duairce iontu. Anois bhí an Cumannachas féin imithe ach mar sin féin mhair cuid áirithe den tseandearcadh sin aige ina ainneoin. Anois bhí geata na nduibheagán sin le hoscailt ina araicis.

15
An tSeanghirseach

Míle buíochas le Dia bhí cuideachta chineálta ag
mo dhuine ar an traein dheireanach féin, ar an
Albaqua. Beirt seanbhan a bhí ann agus iad ag dul ar
cuairt chuig daoine muinteartha sa tSlaivéin—i mBjela
Voda, an phríomhchathair, agus ba é sin an t-ainm a
thugaidís ar an áit: ní chloisfeá "Weißwasser" uathu. Cé
go raibh gaolta acu sa tír sin, ní raibh oiread is focal
Slaivéinise ina bpluc, nó ba í canúint Bheirlín an t-aon
teanga amháin a bhí acu—tháinig meangadh gáire ar
an bhfear óg ina ainneoin nuair a chuala sé an blas sin.
Shílfeá gurbh í Marlene Dietrich féin a bhí agat ina
steillebheatha ansin, leoga!

Beirt deirfiúracha a bhí iontu, rud nár chuir iontas ar
bith ar an stócach, chomh cosúil is a bhí siad ag
breathnú. Bhí bean acu, Sandra, sách tostach, nó níor
fhág an deirfiúr eile, Magda, cead cainte aici ach ar
éigean. Bean a bhí inti a rachadh i gceannas gach
comhrá agus a stiúrfadh a rogha bealach é.

Bhí sean-Mhagda neamhbhalbh mínáireach mar is
dual do mhná a bhí ag imeacht le haer an tsaoil tráth
agus a bhfuil a ndóthain cuimhní cinn acu le hiad a
choinneáil gliondrach gealgháireach i mblianta na

seanaoise féin. Ní raibh cúl ar bith ar Mhagda éirí rófhiosrach faoi chúrsaí cailíní an stócaigh, agus déanta na fírinne fuair mo dhuine deacair na ceisteanna uile a fhreagairt go hionraic, ach i ndiaidh an iomláin rinne sé rud ar an tseanbhean, nó tuigeadh dó go raibh an claonadh chun caidéise i ndúchas na seanmhná, agus go gcaithfeadh sé a cuideachta a sheasamh go Bjela Voda ar a laghad.

"Bhuel caithfidh sé go bhfuil an-tóir ag na cailíní ar ógfhear chomh scafánta sin." Ní ceist a bhí ann ach ráiteas dearfach. "Is iad na fir mhóra is fearr leis na mná, díreach mar a thugas na fir taitneamh do na heireoga beaga bídeacha. Ní mhothaíonn an bhean í féin ina bean i gceart ach fear mór ard a bheith aici."

"Ó níl," a d'fhreagair seisean. "Ar ndóigh bím ag rith i ndiaidh na gcailíní, ach má bhím féin bíonn siadsan ní ba luaithe ag éalú uaim."

"Bhuel caithfidh sé go raibh cailín éigin agat ar a laghad. Ní chreidim go bhfuil tú 'ag staidéar sa dámh eile'." Tagairt don homaighnéasachas a bhí i gceist leis an "dámh eile," agus niorbh í an tseanbhean seo a chum ná a cheap é, ach mar sin féin ba dhóbair don teilgean cainte sin miongháire a bhaint as an stócach chomh greannmhar is a fuair sé é.

"Bhuel bhí cailín agam bliain nó dhó ó shin agus eireog bheag a bhí inti ceart go leor..."

"Ar ndóigh," arsa Magda agus í breá sásta go raibh an ceart aici.

"Ach níor éirigh liom fad a bhaint as an gcumann sin. Ní raibh ann ach gur chaith muid cúpla mí ag bualadh craicinn".... . D'úsáid an stócach an briathar úd *vögeln*, ach ní raibh sé cinnte an raibh sé rómhadrúil. Rinne sé tost beag mar a bheadh sé ag fiafraí den tseanbhean an raibh cead aige a leithéid d'fhocal a rá os ard, agus sméid sise a ceann mar chomhartha dó leanúint leis. "Chaith muid cúpla mí ag bualadh craicinn, ach ansin thréig sí mé, nó thuirsigh sí de mo chuid seafóide faoi ghrá."

"Bhuel an raibh tú i ngrá mar sin?"

"Ní raibh ach thaitin sí liom agus ní raibh aon chaill ar an gcraiceann."

"Agus bhí tú ag tabhairt le fios gur grá a bhí ann?"

"Bhuel bhí. Is dócha gur shíl mé nach mbeadh sí sásta síneadh liom ach mé a bheith ag áitiú uirthi gur grá a bhí ann."

"Muise. Cén fáth a mbeifeá ag seafóid faoi ghrá nuair atá cumann maith craicinn agat? Má tá a leathbhreac de rud ann agus grá, tiocfaidh sé agus tú i ndiaidh do dhóthain ama a chaitheamh ag streachailt leathair leis an gcailín. Le cead duit a bhuachaill, ní bhíonn a fhios ag fear óg cosúil leat féin céard is grá ann, nó cad é an cineál ainmhí é. Bí ag bualadh craicinn leis na cailíní más mian leat ach ná bí ag tabhairt grá air sin. Bí dílis don chailín a bhfuil tú ag súgradh léi i láthair na huaire—níl ann ach gnáthbhéasaíocht—agus beidh sí dílis duit má chloíonn sí leis an dea-bhéasaíocht chéanna. Agus má bhíonn sibh ag cóstáil le chéile go maith taobh amuigh den leaba freisin, ní bheidh gá agaibh dul ar lorg malairt chraicinn. Sin é an grá, agus sin é tús agus deireadh an scéil. Ná bacaimis leis na dánta aiféiseacha a scríobh filí amadánta faoi ghrá nuair a bhí siad i ndiaidh créachta agus bolgach Fhrancach a tholgadh ó na striapacha uilig go léir a mbídís ag luí leo. Níor chreid siad féin sa raiméis sin.

Níl gá ar bith le bheith ag breacadh síos dánta grá do chailíní an lae inniu ná ag seinm saranáidí dóibh. Bhí an tsaranáidíocht i bhfaisean nuair a bhí na manaigh agus na ridirí ag stiúradh na gcúrsaí, ach d'imigh sin agus tháinig seo. Is féidir leat cuideachta chraicinn a fháil gan a bheith ag cur madraí i bhfuinneoga le placadh siollaí faoi ghrá. Má thugann tú teasghrá do ghirseach éigin téigh ag caint léi agus fiafraigh di go múinte an mbeidh sí sásta síneadh leat. Tiocfaidh sé aniar aduaidh ort an méid acu a bheas."

"Bhuel is dócha go dtiocfaidh, ach tá mé cineál cúthail, nó níl mórán taithí nó cleachtadh agam..."

"Má tá tú ar beagán cleachtadh bí ag léamh na dtreoirleabhar. Bíonn an dúrud acu ag teacht i gcló inniu ó phinn na ndochtúirí, agus tuiscint eolaíoch acu ar na cúrsaí seo. Do ghlúinse, caithfidh sibh a bheith buíoch beannachtach go bhfuil a leithéid sin ann inniu. Bhí leabhair den chineál sin ann cheana féin nuair a bhí mise óg, ach ní raibh siad fairsing san am. Chaithfeá dul ar a lorg. Chaithfeá iad a ordú tríd an bpost ó Bheate Uhse... ach ar ndóigh níl a fhios agat cé hí Beate, ós eachtrannach tú."

"Bhuel chonaic mé fógráin ar na hirisí. Nach mbíonn sí ag reic... bhuel, giúrléidí gnéis agus ciútraimintí collaíochta?"

Rinne an bhean gáire faoin dóigh ar chuir an stócach i bhfocail é. "Muise ach ná síl nach raibh inti ach gnáthreacaire gráiscínteachta. I ndiaidh an chogaidh, nuair a bhí mise i mo chailín óg, b'ionann a hainm agus cúrsaí craicinn sa Ghearmáin. Ainm ab ea é a bhí i mbéal an uile dhuine, na déagóirí go háirithe." Bhobáil sí súil leis an stócach. "Bhíodh sí ag díol coiscíní agus treoirleabhair tríd an bpost. *Versandhandel*, an dtuig-eann tú? Postordú. Rud nua a bhí ann i ndiaidh an chogaidh sílim. Is dócha gurb as Meiriceá a tháinig sé cosúil lena lán rudaí nua eile san am sin. Ar a laghad bhí na céadta siopaí postordaithe ag teacht ar an bhfód san am."

"An raibh na heaglaisigh ina éadan?" a d'fhiafraigh an stócach. Ní raibh ann ach iarracht le rud éigin a rá.

"Bhí lucht eaglaise agus fímíneachta ina aghaidh agus ní bheifeá ag súil lena mhalairt uathu. Ach sin é an port a bhíos acu i gcónaí. Tá cumha orthu i ndiaidh na laethanta a bhí, nuair a bhí cailíní aimsire ag na dlíodóirí agus ag na hinnealtóirí agus iad ag luí leo mar a theastaigh uathu. Ní raibh a fhios ag na créatúir bhochta san am a dhath faoi na rudaí seo agus ba mhinic nár thuig siad gurbh é seo an t-adhaltranas sin a bhí i gceist ag na heaglaisigh mar pheaca. Leagfadh an fear uasal—uasal mar dhea—leagfadh sé an cailín suas agus ansin thabharfadh sé an sac di, ag cur striapachais ina leith, nuair a bheadh sé le haithint uirthi go raibh sí ag iompar clainne. Sin é an fáth a dteastaíonn cailíní aineolacha neamhurchóideacha uathu. Cailíní an lae inniu tá a fhios acu gach uile shórt agus ní bheidís faoi shotal don chineál sin daoine." Rinne sí tost beag, ach ansin thosaigh sí ag caint léi arís: "Rud amháin faoi Bheate áfach nár thuig mé riamh. An bhfuil a fhios agat bhí sí ina heitleoir, agus le linn na Naitsithe bhí sí ag eitilt san aerfhórsa, *Luftwaffe*. Bhí na Naitsithe go mór mór in aghaidh phleanáil na muiríne agus saoirse na collaíochta, na rudaí féin a bhí ar na clocha ba mhó ar phaidrín Bheate tar éis an chogaidh. Bhí siad ag éileamh ar na mná an-chlann a iompar, toisc go raibh saighdiúirí ag teastáil uathu le haghaidh a gcuid cogaí seafóideacha, *für ihre meschuggenen Kriege.*"

"Bhuel b'fhéidir gur tháinig athrú barúla ag Beate nuair a d'imigh draíocht an Naitsíochais di," arsa an fear óg.

"Ní ón ngaoth a thóg sí na cúrsaí frithghiniúna," a d'fhreagair an tseanbhean. "Tá a fhios agat ba dhochtúir oilte í máthair Bheate. Bhí clú agus cáil uirthi siúd ó tharla go raibh sí ar na chéad mhná riamh sa Ghearmáin a bhain amach dintiúir an dochtúir leighis, díreach cosúil lena hiníon a bhí ina ceannródaí mar eitleoir mná. An tuiscint a fuair sí ar na cúrsaí giniúna agus frithghiniúna óna máthair tuiscint eolaíoch a bhí ann, seachas an ghráiscínteacht aineolach a chluinfeadh sí ó na daoine óga eile trí sciotaíl gháire. Bhuel, an tuiscint eolaíoch sin, ba é sin go díreach an cineál stuif nach gceadódh na Naitsithe. Bhí siad ag áitiú gur stuif Giúdach a bhí ann. Aon rud ciallmhar a rithfeadh le duine, deireadh na Naitsithe gurbh iad na Giúdaigh a cheap é. Mar sin féin bhí Beate sásta a gcuid eitleán a thiomáint. Ní chreidim go gceadófaí do bhean eitleán cogaidh a stiúradh, áfach. Is dóigh liom gur eitleáin iompair a bhí i gceist, cinn mhóra a bhíos ag soláthar lón cogaidh do na saighdiúirí."

"An bhfuil tú cinnte nach mbítí ag cur brú uirthi? Nárbh fhéidir go mbíodh na Naitsithe ag bagairt uirthi a máthair a chaitheamh i dtóin phríosúin mura mbeadh an iníon sásta eitilt dóibh?"

"Bhuel tá an dá bh'fhéidir ann," arsa an bhean. Ansin chaith sí súil dhrochamhrasach ar an stócach. "An bhfuil suim agatsa sa pholaitíocht?"

An tSeanghirseach

Fuair an stócach arís go raibh sé chomh maith aige an fhírinne a dhéanamh faoi chroí mhór mhaith. "Tá mé i mo bhall de chlub bheag do lucht leanúna na heite clé san Ollscoil," ar seisean, "ach ní bhíonn sé mórán ag baint leis an bpolaitíocht go praiticiúil. An chuid is mó den am ní bhímid ach ag léamh leabhair agus ag caint fúthu le chéile."

"Bhuel chaith mise mo vóta leis na Sóisialaigh Dhaonlathacha riamh," arsa Magda. "Ní raibh mé ar aon fhocal leo faoi gach rud ach ar a laghad bhí siad ag cur ar son an lucht oibre, ar son polasaithe ciallmhara i gcúrsaí oideachais. Mo mhac féin tá sé ina fhear mhór ollscoile anois cé nach bhfuair mise scolaíocht cheart riamh. Ó mo mhac a d'fhoghlaim mé gach uile shórt. Agus ar ndóigh bhí mé ag freastal ar *Arbeit und Leben*."

"Cad é sin, le do thoil?"

"Cúrsaí foghlama iad a sholáthraíos an ceard-chumann. Nach mbíonn a leithéid i do thír féin?"

Ba bheag an bhaint a bhí ag mo dhuine le saol na gceardchumann riamh, amach ó iris cheardchumann na múinteoirí a thagadh go tráthrialta chuig a mháthair, ó bhí sí ina ball den chumann. Má bhí féin, is ar éigean a bhí focal molta le rá aici i dtaobh an chumainn. An chuid ba mhó den am ní raibh sí ach ag síorchlamhsán faoi chomh dona is a bhí ag éirí leis an gcumann leas an ghnáthmhúinteora a chosaint, agus ba mhinic a d'áitíodh sí freisin nach raibh a dhath ar an iris ab fhiú a léamh, ó chuaigh teoiriceoirí agus aislingigh na heite clé i seilbh an diabhal liarlóige le fada an lá. Mar sin féin léadh sí gach eagrán agus nuair nach mbíodh a gnáthstiúir dhuairc uirthi d'fhéadfadh sí tagairt a dhéanamh d'alt éigin ar an iris mar fhoinse eolais gan a bheith ag caitheamh anuas air.

Bhuel chomh mór is chomh saibhir is a bhíodh na ceardchumainn ina thír féin tháinig an stócach ar an gconclúid gur dhócha go raibh cúrsaí foghlama den chineál sin acu, agus sin é an rud a dúirt sé le Magda. Ansin d'fhiafraigh sé di, de ghrá an chomhrá, cén cineál léinn a bhí á fhoghlaim acu sa Ghearmain.

"Bhí éagsúlacht mhór acu ann i ndáiríre. Bhí stair agus litríocht ann chomh maith le scileanna an tsaoránaigh, is é sin eolas ar fheidhmiú na sochaí. Creidim gurb é sin a bheadh de dhíth ar mhuintir ár nOirthir inniu, agus iad ag rith damhsa ag ionsaí na n-eachtrannach. Coinnigh cuimhne air, a bhuachaill, nach drochdhaoine iad muintir an Oirthir. Cuid mhór acu a casadh orm bhuel shíl mé go raibh mé i mo bhean óg arís, nó is é an scéal gur lucht oibre den tsean-déanamh a bhí iontu, fir oibre den chineál a chuaigh i ndísc sna sean-bhallstáit le fada. Daoine óga an Oirthir, fiú, dhealróinn iad leis an dream ar tháinig mé i mbun mo mhéide ina measc, seanlucht oibre Bheirlín. Chomh réidh réchúiseach is a bhí siad. Cén fáth a rachadh a leithéidí sna maolchinn, *die Glatzen*, inniu? Is é an míniú atá agam féin ná nach raibh scileanna cearta saoránachais acu, nó níor fhoghlaim siad riamh ach an truflais a bhí ag teacht ó challairí an rialtais Chumannaigh. Is é sin nach raibh de chosaint ar an Naitsíochas ach an Cumannachas, agus nach raibh i gcóras an Iarthair ach an Naitsíochas faoi mhalairt ainm. Mar sin, nuair a tháinig deireadh leis an gCumannachas, ba dóigh leo go gcaithfidís dul le Naitsíochas. Ní hé sin an fhírinne áfach. Tá rogha eile ann fós. An daonlathas. Na daoine a bheith ag treabhadh le chéile agus ag socrú a gcuid easaontas go séimh sibhialta. Na Naitsithe agus na Cumannaigh bíonn siad araon ag áitiú orainn nach bhfuil sa daonlathas ach bréag agus cur i gcéill. Daoine cosúil liom féin áfach tá a fhios againn go bhfuil a leithéid de rud agus daonlathas ann. Fuair uncail liom bás i gcampa géibhinn de chuid Hitler, toisc go raibh sé ina cheardchumannaí. Uncail eile liom arís fágadh ar an taobh thoir den teorainn i ndiaidh an chogaidh é, agus stiúg sé i bpríosún de chuid na gCumannach toisc go raibh sé ina Shóisialach Dhaonlathach nár thug faomhadh riamh don dóigh ar cumascadh a pháirtí féin agus an Páirtí Cumannach san Oirthear. An córas atá againn faoi láthair níl sé gan locht ach níor chuir sé aon duine chun báis ná i seomra gáis ar chúiseanna polaitiúla riamh..."

16
An Teorainn

Faoin am seo thosaigh torann agus tormán a bháigh guth Mhagda go hiomlán. Bhí an traein ag teacht ar an droichead trasna na habhann ar an teorainn—Morke as Gearmáinis, nó Mroka as Slaivéinis—agus an stáisiún deireanach ar an taobh Gearmánach, Schlübbitz an der Morke, fágtha ina diaidh aici cúig nóiméad roimhe seo. Nuair a chiúnaigh an torann arís, bhí siad sa tSlaivéin. Mhothaigh an t-ógfhear éirí croí aisteach, agus d'éist Magda féin an chabaireacht ba dual di.

Thosaigh an traein ag moilliú a siúil. Chaithfeadh sí stad ar an gcéad stáisiún ar thaobh na Slaivéine agus na gardaí teorann a ligean isteach. Agus ansin, bheadh mo dhuine ag labhairt na teanga an chéad uair riamh ar fhód na tíre féin.

Ljuboraz a bhí ar an gcéad stáisiún sa tSlaivéin, agus ba í an teorainn an t-aon chúis amháin leis an traein a stopadh ansin, nó ní raibh mórán áitribh le haithint máguaird. Chualathas glór cársánach ag labhairt Slaivéinise ar an bpasáiste, ach níor aithin an stócach ach cuid de na focail: anseo... vaigín uimhir a ceathair... ag teacht... Is dócha go raibh an fear ag déanamh a

104

chomhrá trí shiúlscéalaí, nó chuaigh nóiméad éigin thart, agus ansin fuair sé freagra a raibh aerthormán raidió measctha tríd agus nach raibh an fear óg ábalta bun ná barr a dhéanamh de.

Ansin tarraingíodh doras sleamhnáin na hurrainne i leataobh agus tháinig fear faoi shainéide isteach. "Pasanna, le bhur dtoil," ar seisean sa dá theanga, agus ní raibh róchaill ar a chuid Gearmáinise, cé go raibh cramba na Slaivéinise uirthi. Shín Magda agus Sandra a bpasanna féin chuige agus iad ag labhairt a dteanga féin leis. "*Bitte*," ar siadsan leis, agus "*Danke*," a dúirt seisean. D'fhág sé a stampa ar na pasanna agus thug sé ar ais iad: "Piefke, Sandra Katharina... Brandt, Dagmar Magdalena... *bitte schön, meine Damen...*" Agus ansin, d'iompaigh sé chuig an stócach. D'aithin sé ainm na tíre ar chlúdach an phas, agus an chuma air nach raibh sé cinnte cén teanga ba chóir leis a roghnú.

"*Budzcje laskavy, kńaźe*," ar seisean leis an ngarda agus é chomh líofa agus ab fhéidir. Seo duit le do thoil, a dhuine uasail!

"Dar muige," arsa an garda teorann sa teanga chéanna, "labhraíonn tú Slaivéinis!" Chaill sé cuid mhór den ghoic phroifisiúnta a bhí air go dtí sin, nuair a chuala sé a theanga dhúchais ó fhear chomh coimhthíoch sin.

"Ba í an teanga a tharraing go dtí an tSlaivéin mé," a mhínigh mo dhuine. "Beidh mé ag freastal ar chúrsa samhraidh na hOllscoile." Tháinig na focail leis chomh réidh is go raibh iontas air féin.

"Muise! Tá do chuid Slaivéinise ar fheabhas ar fad, bail ó Dhia ort," arsa an garda, agus meangadh mór ar a bhéal. "Céad míle fáilte romhat go dtí an tSlaivéin!"

An Teorainn

Sheachaid sé an pas ar ais ar an bhfear óg agus d'imigh sé, ach nuair a bhí sé ag dul amach ar an doras, chaith sé an tsracfhéachaint dheireanach ar mo dhuine agus d'ardaigh sé leathbhos le slán a fhágáil aige. Mhothaigh an buachaill go raibh a lámha féin ar crith i gcónaí, nó cé gur tháinig sé slán as an mbaisteadh tine seo, bhí neirbhís air go fóill. Mar sin féin, bhí sé breá sásta. Bhí se sa tSlaivéin anois, agus an teanga aige.

Tháinig fear an chustaim isteach go gairid i ndiaidh an gharda teorann, ach níor bhac sé mórán leis na seanmhná ná leis an bhfear óg féin. Bheadh sé chomh maith aige mála lán drugaí agus ceann eile lán biotáille a bheith aige, ba chuma le fear an chustaim faoi gach uile shórt. Níor bhac sé le focal a rá in aon teanga, agus níor thug sé ach mearspléachadh ar na málaí. D'imigh sé ansin mar a bheadh deifir air an urrann seo a thréigean. Ba dóbair don stócach masla a ghlacadh.

Anois ní raibh ach giota beag slí fágtha den turas. Ní raibh an tSlaivéin rómhór mar thír, agus mar sin níor thug sé ach tríocha éigin nóiméad ar an traein an phríomhchathair a bhaint amach. An phríomhchathair —agus Ivona. Bheadh an cailín ina seasamh ar an ardán ag faire airsean. Cad é mar a rachadh sé i bhfeidhm uirthi? An mbeadh eagla uirthi roimhe? Cá raibh na bronntanais? Thum sé leathlámh sa mhála agus d'aithin sé go raibh an leabhar agus an tseacláid ann i gcónaí. Ach maidir lena phearsa féin bhí sé ag bárcadh allais de cheal codlata i gcónaí. Theastaigh uaidh é féin a chaitheamh ar leaba dheas lena thuirse a chur de. Bhí a chuid cnámh ag luí air go dona ar fad. An sracadh a chuaigh ann nuair a bhí sé ag fanacht lena chéad teagmháil leis an tír, bhí sé imithe anois, agus ba dóigh leis go raibh a chuid géag ar tí titim dá cholainn.

17
Stáidmhná
na Slaivéine

Nuair a thuirling sé den traein in éineacht leis an mbeirt seanbhan, ghlac sé faitíos tobann roimh an áit, roimh an tSlaivéin agus roimh an teanga arís. Cad é a dhéanfadh sé dá rachadh d'Ivona é a thabhairt faoi deara, nó dá mbeadh cuma chomh gránna, chomh smolchaite air i ndiaidh an turais is nach bhféadfadh Ivona é a aithint? Ba í Ivona a aonmharc sa chathair seo fad is nach gcuirfeadh sé é féin in iúl do scoil na Slaivéinise.

Chaith sé súil ina thimpeall. Bhí cailíní óga dathúla ar fud na háite, agus cuid mhaith acu sách cosúil le hIvona. Ansin áfach chuala sé guth girsí ag fuaimniú a ainmsean, nó leagan de, ina aice. "Adam! Adam Joka-mies!" Baineadh stangadh as, agus thiontaigh sé le súil a bhaint as an té a labhair.

Ba léir agus ba ríléir gurbh í Ivona a bhí aige ansin. Bhí sórt eagla air i gcónaí roimh mhná óga áille, nó b'fhearr a rá gur mhothaigh sé é féin ina amadán ina gcuideachta. Bhí sí cosúil go maith lena pictiúr, ach ar ndóigh ní thaispeánfadh na grianghrafanna chomh

deas is a bhí sí i ndáiríre. Thug mo dhuine taitneamh di ar an toirt, ach san am chéanna ghlac sé leis nach mbeadh seans ar bith aige ar oiread is croí isteach a fháil óna cómhaith.

"A Ivona, an tusa atá ann?" ar seisean.

"Mise," a d'fhreagair sí go séimh. "Ó, tá an-Slaivéinis agat, a chuid!"

"Go raibh míle maith agat," ar seisean. "Cogar, tá mé tuirseach traochta ar fad. Theastódh uaim mo scíth a ligean."

"Ná bíodh brón ort," ar sise. "Tá mo mháthair thall ansin leis an ngluaisteán. Tabharfaidh muid abhaile chugainn thú agus beidh béile bia agus tamall scíthe agat ansin sula rachaidh tú go dtí an ollscoil."

Rug an fear óg greim ar lámh an chailín agus lig di é a sheoladh go dtí an gluaisteán. Bhí máthair an chailín ansin chomh maith le hElka, deirfiúr bheag Ivona. Girseach dheas dhathúil a bhí inti féin cé nach raibh sí róchosúil leis an deirfiúr mhór. Bhí sí beag bídeach nuair a bhí Ivona cuíosach ard, agus má bhí folt geal catach ag Ivona, bhí gruaig dhubh ar Elka agus spéaclaí cruinne ar a srón.

"Ó, an anseo atá an cuairteoir s'againn," arsa máthair Ivona. "Fáilte go dtí an tSlaivéin."

"Go raibh míle maith agat," arsa an fear óg. "Tá ríméad orm bheith anseo faoi dheireadh." Agus tháinig na focail sin óna chroí amach.

"Caithfidh sé go bhfuil ocras ort i ndiaidh do thurais," arsa máthair Ivona. "Tá fear an tí díreach ag gléasadh bia, sin é an fáth ar fhág sé fúinne teacht i d'araicis." Bhobáil sí súil leis an stócach. "Teaghlach nua-aimseartha sinn, nó is é fear an tí a dhéanas an chócaireacht. Nuair a bhí muid óg, ní raibh sé i bhfad ag tuirsiú de bheith ag ithe an diabhal stuif a bhí mise a dhéanamh, agus ansin choisc sé orm dul in aon chóngar don tsornóg."

Cé gur dhóchúla ná a mhalairt gur chuala na hiníonacha an scéilín seo go minic cheana féin, phléasc siad amach ag gáire, agus tháinig meangadh beag ar an stócach féin, ach cé nach raibh caill ar bith ar an magadh, ba é an faoiseamh ba mhó ba chúis leis: faoiseamh a bhí ann gur thuig sé an chuid ba mhó dá ndúirt an bhean, agus ar ndóigh thaitin an fháilte ghreannmhar ghealgháireach seo leis go mór mór. Ba é an t-aon fhadhb amháin gur mhothaigh sé é féin ródhuairc rómhíofar in aice leis na mná áille aigeantacha seo.

Hejba a bhí ar mháthair Ivona—leagan áitiúil den ainm "Éabha" a bhí ann, mar a thuig an stócach. Bhí an dá scór slánaithe aici, ach má bhí féin, bean chuidsúlach a bhí inti i gcónaí. Ábhar iontais a bhí ann do mo dhuine chomh dathúil is a bhí na mná go léir sa tír seo. An raibh siad ní b'fhearr ag cur caoi orthu féin? Nó an ea gur leor draíocht na coigríche lena ndéanamh ní ba mheallacaí i gcéin ná sa bhaile?

Shuigh mo dhuine ar an suíochán tosaigh in aice le Hejba—ar ndóigh bheadh sé go deas ar an suíochán cúil in éineacht leis na girseacha, ach ós fear mór ciotach a bhí ann, ba dóigh le Hejba go bhfáiscfeadh seisean agus na hiníonacha an t-anam as a chéile thiar ansin.

Nuair a bhí mo dhuine soiprithe ar an suíochán, thosaigh Hejba an t-inneall agus chas sí an gluaisteán ó charrchlós an stáisiúin i dtreo na sráide móire. Anois chonaic an stócach an chéad radharc ceart de phríomh-chathair na Slaivéine.

Ba iad na caisleáin mhóra mhaisiúla ba thúisce a chuaigh i bhfeidhm ar mo dhuine, chomh maith leis an bhfathach foirgnimh a tógadh i lár na cathrach i ndiaidh an chogaidh le "cairdeas mhuintir Dhaon-phoblacht na Slaivéine agus mhuintir an Aontais Shóivéadaigh" a shiombalú. Foirgneamh a bhí ann a raibh cuma chlasaiceach air, agus ba é an chéad imprisean a d'fhág sé ar an stócach ná nach raibh sé leath chomh dona is mar a d'áitítí. Ansin áfach tuigeadh dó gur daoine ab ea na feithidí beaga bochta a bhí ag gluaiseacht timpeall an árais seo. Ba é an t-ainm a bhí ar an áit seo ná "Pálás an Chultúir," agus cé go raibh an chuid ba mhó den fhoirgneamh díolta le gnólachtaí príobháideacha nó tugtha ar cíos dóibh, bhí cuma an Chumannachais air i gcónaí. Na fógráin mhóra ildaite a bhí crochta de bhallaí an árais bhí siad ag breathnú an-chontrártha leis an gcloch liath throm.

D'fhéadfá a rá gur pálás cultúir a bhí ann i gcónaí, nó bhí timpeall is deich bpictiúrlann ag obair ansin. Nuair a bhí an Cumannachas faoi réim i gcónaí, bhí siad ag taispeáint scannáin bholscaireachta ón Aontas Sóivéad-ach, agus de réir dealraimh tháinig déantús Hollywood ina n-ionad sin idir an dá linn.

Bhain cuid de na fógráin sa chathair stangadh as mo dhuine. Chonaic sé na focail GAZOVO VORUŽE ar crochadh anseo agus ansiúd, focail a chiallaigh "arm gáis". Ba é an chéad rud a shamhlaigh sé leis na focail sin ná grianghrafanna ó chathéadan thiar an Chéad Chogadh Domhanda a bhí feicthe aige i leabhair na staire: fir a bhí fágtha dall ag an ngás mustaird, agus iad ag dornásc rompu ag iarraidh a mbealach a dhéanamh go dtí an otharlann. Níorbh é sin a bhí i gceist anseo míle buíochas le Dia, nó ní raibh na fógráin sin ach ag reic airm deoirgháis. Ní raibh ábhar adhnua ann i ndáiríribh, nó bhí an ráta coiriúlachta ag dul i méadaíocht in aghaidh an lae, de réir na nuachtán ar a laghad, agus ní raibh mórán muiníne ag na daoine as na póilíní, ós seanmhílísteánaigh ó laethanta an Chumannachais a bhí sa chuid ba mhó acu inniu féin. Mar sin chaithfeá bheith in ann cur ar do shon féin sa tír seo, smaoineamh nár thaitin le mo dhuine.

Fuair an stócach radharc ar shéadchomhartha barrúil, agus ó d'fhan an gluaisteán tamall fada ag na soilse tráchta bhí seans aige lán a shúl a bhaint as. Grúpa dealbhanna a bhí ann agus iad ar aon mhéid le daoine beo. Páistí deich mbliana ab ea iad a bheag nó a mhór, agus iad ag súgradh is ag spraoi ar an tsráid. D'aithin mo dhuine go raibh cuma na gluaiseachta ar gach dealbh, díreach mar a bheidís go léir sioctha go tobann, buachaill amháin acu ag crústach cloch, buachaill eile ag iarraidh greim láimhe a fháil ar eireaball cóta an tríú malrach.

Nuair a d'fhiafraigh mo dhuine de na cailíní cad é a bhí i gceist leis an séadchomhartha seo, is éard a d'fhreagair Ivona agus Eĺka as béal a chéile:

"Na buachaillí ó Shráid Pavoĺsky iad."

"Tá a leithéid d'úrscéal ann, le fear darbh ainm Franciśk Müller."

"Ceann le haghaidh léitheoirí óga..."

"Clasaiceach ó thús na fichiú haoise."

Agus ansin tháinig an chuimhne ar ais chuig an stócach. Muise bhí an ceann sin léite aige in aistriúchán nuair nach raibh sé ach ag tosú ar scoil, is ar éigean má bhí sé seacht mbliana d'aois. Ní raibh a fhios aige san am gur ceann Slaivéanach a bhí ann. Cionán eile de chuid a athar mhóir a bhí sa leabhar sin, ó bhí teachtaireacht láidir thírghráúil ann. Na malraigh a bhí ina laochra san úrscéal bhí siad tar éis ceapach talún a shealbhú chois Sráid Pavolsky, agus iad ag dearcadh ar an mball sin mar "thír dhúchais," tír a chaithfidís a chosaint ar impiriúlachas na mbuachaillí eile sa taobh seo den phríomhchathair. Sa deireadh chuir siad cogadh mór ar bhaicle ó cheantar na mbocht ar son a "dtíre". An buachaill ab óige acu féin bhí slaghdán air le linn an chatha mhóir, agus tholg sé niúmóine ón bhfuacht is ón bhfliuchlach a fuair sé sa teagmháil. Thug an galar a bhás agus tháinig malraigh na baicle go dtína shochraid mar gharda onórach, cosúil le fíorshaighdiúirí. Mar a d'iompaigh an scéal amach áfach ba é sin deireadh na "tíre dúchais," nó nuair a tháinig na buachaillí go dtí an cheapach an chéad uair eile is éard a fuair siad rompu ansin ná cosc iontrála agus láithreán tógála, nó bhí gnólacht forbartha tithíochta éigin i ndiaidh gabháltas a dhéanamh ansin i nganfhios do na "saighdiúirí".

Rud a raibh an-siombalachas ag baint leis, dar le máthair Ivona: "Giúdach ab ea an t-údar, Müller, tá a fhios agat. Ní raibh mórán suime aige i gcúrsaí an chreidimh, ach ba Ghiúdaigh iad a thuismitheoirí agus a muintir siúd. "

Agus nuair a tháinig trúpaí Hitler isteach, bhí Müller ar duine de na hintleachtóirí Slaivéanacha ba thúisce a cimíodh. Níorbh é seomra an gháis a bhí i ndán dó, nó faoin am sin ba iad na hinneallghunnaí ba mhó a bhí in úsáid ag cine na dtiarnaí. Tragóid eile ó laethanta an Uilelosctha a bhí ann, cosúil lena lán eile acu.

Nuair a tháinig siad abhaile bhí fear an tí díreach i ndiaidh a chuid cócaireachta a chríochnú. Bhí dea-bholadh an bhia úrbheirithe ar fud an árasáin. Cé gur shíl an stócach roimhe seo go dtitfeadh sé as a sheasamh chomh luath is a d'fheicfeadh sé an chéad leaba tháinig ocras marfach air nuair a d'aithin sé an boladh sin. Cabáiste agus feoil a bhí ann, bia traidisiúnta na Slaivéine, agus cé go raibh fuath aige don chabáiste nuair a bhí sé ina pháiste nó fiú ina dhéagóir tháinig dúil aige ann de réir a chéile agus léachtóir na Slaivéinise á fháiltiú chuici, nó bhí sí thar barr ag gléasadh bia a tíre. Mar sin, agus é i ndiaidh cúpla lá a chur de gan ach corrcheapaire a ithe i gcaifitéirí na stáisiún iarnróid, bhí sé buíoch beannachtach as an mbéile a bhí ar fáil.

Ar ndóigh thosaigh na cailíní ag cur ceisteanna ar mo dhuine faoin saol a bhí aige ina thírsean. Ós ag caitheamh béile a bhí siad, ba iad na cineálacha bia ba mhó a bhí á bplé, agus rinne an stócach a dhícheall le freagraí a thabhairt idir dhá ghoblach. Fuair athair na gcailíní—Miroslav Ślodař a bhí air, agus mar sin, Ivona Ślodařova a bhí ar a iníon—riachtanach áitiú ar na cailíní gan an cuairteoir a chrá le barraíocht ceisteanna. Bhí an stócach féin breá sásta a bheith i lár an aonaigh mar sin, áfach, agus a d'inis sé faoi na pióga ríse agus na pastaetha éisc arbh iad suaitheantas an réigiúin in oirthear a thíre, áit ar tógadh é féin.

"Pastae éisc," arsa Miroslav go machnamhach. "An bhfuil aon bhaint aige le *gefilte fiš* na nGiúdach? Cad é mar a tháinig sé go dtí do thír?"

Stáidmhná na Slaivéine

"Ní chreidim gurbh ó na Giúdaigh a tháinig sé i ndáiríribh," arsa an stócach. "Is gnách muiceoil a chur ann chomh maith le hiasc, agus ní cheadódh a gcuid rialacha bia é. Thairis sin ní raibh pobal Giúdach mo thíre an-mhór riamh. Tháinig an chuid ba mhó acu isteach sa naoú haois déag, nuair a bhí Impire na Rúise i gceannas ar ár dtír, agus ní dóigh liom gur aithin bunadh mo thíre thar na Rúisigh iad."

"Bhuel tá a fhios agat cad é a d'éirigh do na Giúdaigh sa tír seo i mblianta an chogaidh"—agus tháinig gnúis dhuairc ar Mhiroslav ar feadh nóiméid—"ach pé scéal é d'fhág siad cuid mhór dá n-oidhreacht chultúrtha againn, i gcúrsaí bia agus beatha go háirithe. I measc rudaí eile bím ag múineadh eacnamaíocht bhaile agus mar sin tá suim agam sna cúrsaí seo go gairmiúil."

Ní shílfeá a mhalairt, i ndáiríribh, nó bhí seilfeanna sa chisteanach féin, agus leabhair chócaireachta orthu i Slaivéinis agus i nGearmáinis. *Besonderheiten der jüdischen Kochkunst in Ostslawenien,* a léigh mo dhuine ar dhroim ceann acu—"saintréithe na cócaireachta Giúdaí in Oirthear na Slaivéine". Dar muige saineolaí a bhí in athair Ivona gan dabht gan déidearbhadh!

Bhí an stócach tuirseach i gcónaí i ndiaidh an bhéile, ach níor mhothaigh sé a thuilleadh go mbeadh a chodladh ag titim air pé soicind. D'oscail sé an mála taistil agus bhain sé amach an "tseacláid ghorm". Ansin d'aistrigh sé stair na seacláide ar an gclúdach go Slaivéinis agus dúirt sé gurbh í an tseacláid seo blas a thíre, agus gach uile dhuine ina taithí ó laethanta na chéad óige i leith. Bhlais na tuismitheoirí agus na cailíní araon den tseacláid agus ba léir nach drochbhronntanas a bhí ann i ndiaidh an iomláin. "Ní bhíodh ach seacláid

Bhealarúiseach againn i laethanta an Chumannachais,"
arsa Hejba Ślodańova. "Nuair a tháinig athrú ar na
cúrsaí, tháinig na barraí seacláide ón Iarthar, ach mé
féin tá mé den tuairim go bhfuil siad rómhilis. Agus
cuid acu curtha ó mhaith le barraíocht cnónna.
Cuireann na cnónna ailléirge orm ar nós a lán daoine."

"Muise ní feabhas é gach aon rud dá dtagann as
tíortha an Iarthair," arsa Miroslav. "Ach anois, caithfidh
mé a rá go bhfuil an tseacláid seo thar barr ar fad. Tá
aithne agam ar fhear atá sáite i ngnó an mhilseogra—
d'fhéadfá a rá gur cara liom é, Mjercin is ainm dó,
Mjercin Vojt. Tabharfaidh mé leid dó faoin gcineál seo
seacláide. Mar a dúirt Hejbońka"—cosúil leis na
Slavaigh go léir ba nós leis na Slaivéanaigh ainmneacha
casta ceana a thabhairt ar a chéile—"mar a dúirt
Hejbońka sílim go mbeadh margadh sa tír seo don
tseacláid 'ghorm' seo. Glanseacláid shimplí atá ann
nach bhfuil cnónna, piseanna talún ná taifí curtha
tríthi, ach san am chéanna tá sí níos fearr ná déantús na
Bealarúise lá ar bith."

18
Cumannachas mo thóin!

Cumannachas mo thóin! Ba léir go raibh na Slaivéanaigh i bhfad ní ba chleachta ar an saormhargadh ná muintir a thíre féin, dar leis an stócach—cé nach raibh ach cúpla bliain caite ag na daoine seo ag dul ina thaithí. Chuir mo dhuine sonrú san fhocal "aithne". "Muise," ar seisean, "is cuimhin liom Eastónach amháin a dúirt le ceann dár gcuid nuachtán, na blianta ó shin, ná gurb ionann a bheith i do chónaí i dtír chaipitlíoch gan sciúrtóg rua airgid agus i dtír Shóisialach gan aithne ar aon duine." Phléasc a ngáire ar na tuismitheoirí agus na hiníonacha araon nuair a chuala siad an méid seo. Ansin dúirt fear an tí gurbh é seo lomlán na fírinne, ach san am chéanna bhí sé inbharúla go raibh an dá rud ag teastáil inniu, an t-airgead chomh maith leis na haitheantais, agus go ndeachaigh na haitheantais ó laethanta an Chumann-achais go mór mór chun leasa dó agus dá theaghlach nuair a bhí a purgóid ag an tír le polasaithe eacnamaí-ochta an chéad Aire Airgeadais nach raibh ina Chumannach.

Cumannachas mo thóin!

D'éirigh an stócach agus na mná ón mbord anois le suí síos sa pharlús. Agus anois fuair an tuirse an ceann ab fhearr ar mo dhuine. Nó ní dhearna sé ach a mhása a pháirceáil ar an tolg in aice leis an teilifíseán—agus ansin chaill sé an mothú. Shílfeá gur cuireadh biorán suain ann, nó bhí sé ina chnap chodlata ar an toirt, agus ní raibh a dhúiseacht le fáil.

Thairg Eĺka cigilt a chur ann, ach d'ordaigh Ivona di a scíth a fhágáil ag an mbuachaill bocht. Shuigh sí féin in aice leis, agus í ag cuimilt leathleiceann mo dhuine go séimh.

"An bhfuil tú i ngrá leis?" arsa Eĺka os íseal lena deirfiúr, agus í ag sciotaíl gáire go mísciúil.

"Níl mé cinnte," a d'fhreagair Ivona, agus meangadh cúthail uirthi féin. "Ach is maith liom é ar bhealach, tá a fhios agat." Déanta na fírinne an dóigh a raibh Ivona ag freastal ar mo dhuine mar a bheadh banaltra ann agus é ina thoirchim suain ar an tolg ba é an chéad tátal a bhainfeá aisti ná go raibh sí ina máthair thacair aige. Ach ón taobh eile de bhain sí sult áirithe as an teas a bhí ag teacht ó cholainn an fhir óig.

Cailín cúthail a bhí in Ivona fad is a bhí na cúrsaí craicinn i gceist, agus níor shín sí le haon bhuachaill go fóill. Ní hionann sin is a rá nach dtagadh fonn craicinn uirthi ó am go ham, ach ní ligfeadh a náire di coiscíní a cheannach—agus nuair a tháinig an crú ar an tairne ní raibh siad ar fáil go róbhog sa tSlaivéin. Bhí scéal grá de chineál éigin ag Eĺka le buachaill óna rang san Earrach, agus nuair a labhair sí faoi le hIvona d'admhaigh sí go raibh sí tar éis sórt triail a bhaint as. Nuair a thosaigh seisean ag iarraidh an bod a shá isteach tháinig faitíos uirthi agus d'éirigh sí as, rud a bhain mealladh as a buachaill. Bhí sé chomh míshásta is gur thug sé dúdóg bhuille d'Elka, agus ba é sin deireadh an chumainn ghrá. Thuig an t-ógánach féin ina dhiaidh sin nárbh é an rud ba chiallmhaire amuigh a bhí déanta aige, agus rinne sé a leithscéal go múinte. Ní raibh Elka sásta an grá sin a athbheochan ámh. Í féin agus Ivona ba léir dóibh ó thús báire nach gcuirfidís suas le hoiread is aon bhuille amháin ó ghrá gheal ná ó fhear céile. Ba é sin an cineál tabhairt suas a fuair siad, agus ba é sin an patrún a bhí sa bhaile acu.

Sa deireadh dhúisigh an stócach, díreach sular thosaigh nuacht na hoíche ar an teilifís. Bhí Ivona ina suí ar cholbha an toilg i gcónaí, agus aoibh gháire uirthi le mo dhuine. "Mhúscail tú sa deireadh, a chuid," ar sise leis. "Tá faitíos orm go bhfuil sé rómhall agat tú féin a chur in iúl d'údaráis na hollscoile inniu. Is baolach nach foláir duit tú an deireadh seachtaine go léir a chaith-eamh inár gcuideachta sular féidir leat dul ar lóistín ag an Ollscoil."

D'fhreagair an stócach gáire na girsí. Thuig sé gach focal ó Ivona, ní raibh gá le bheith buartha faoi chúrsaí teanga. Bhí an cailín chomh deas is a bhí, agus teaghlach barrúil aici. Níor mhothaigh sé é féin amscaí ná amadánta ina cuideachta a thuilleadh. Ba í Ivona í, an cailín céanna a raibh aithne aige uirthi leis na míonna anuas tríd an gcomhfhreagras.

19
An Drochscéala
ó na Beairicí

"Labhair mé le Daid agus is é an moladh atá aigesean ná go rachaidh muid ag fámaireacht i lár na cathrach amárach le go bhfeicfidh tú iontais na háite. Scríobh tú i litir chugam go raibh an-suim agat san fhile sin Vitk."

"Muise," ar seisean."Ba é a shaothar a tharraing mo shúil ar an tSlaivéin an chéad uair."

"Beidh tú ag tabhairt cuairte ar chuid de na háiteanna a bhaineas le beatha an fhile. Tá Daid an-eolach ar an gcathair"—muise níorbh é an chócaireacht Ghiúdach an t-aon rud ba suim leis—"agus beidh sé in ann focal nó dhó a rá i dtaobh stair na háite."

Bhí sórt náire ar an stócach go raibh muintir Šlodař ag cur an oiread sin dua orthu féin ag cabhrú leis, rud a dúirt sé os ard le hIvona freisin. "Níl a fhios agam an féidir liom a éiric a thabhairt daoibh ar aon nós." Rinne sé iarracht chiotach magúlachta. "An gcaithfidh mé tú a phósadh nó rud éigin?"

Thug Ivona soncadh dó agus d'fhreagair sí sa stíl chéanna. "Ní chaithfir, a stór," ar sise. "Is féidir leat

fanacht go slánóidh Eĺka ocht mbliana déag." Chuala Eĺka an méid sin agus tháinig luisne inti, agus rinne an deirfiúr mhór gáire arís.

Ansin thosaigh nuacht na hoíche, agus chruinnigh an chuid eile den teaghlach sa pharlús le hí a fheiceáil. Agus an chéad rud a chonaic siad ansin bhain sé geit as an iomlán acu.

"Dhiúltaigh an Cathlán Deonach Féinchosanta imeacht as beairicí Puĺska Glova i ndiaidh don Ghinearál Berkovsky ordú a thabhairt chun an Cathlán a dhíscor," arsa an craoltóir ag deasc na nuachta. "Deir ceannasaí an Chathláin, an Leifteanantchoirnéal Ondŕej Vusoky, go bhfuil na hIar-Chumannaigh ag iarraidh an cathlán a dhíscor leis an tSlaivéin a chur faoi smacht, agus go raibh an Ginearál Berkovsky ina oifigeach i ré an tSóivéadachais rud a chruthaíos go bhfuil sé dílis do ghréasáin rúnda na nIar-Chumannach i gcónaí. Anois beidh ár gcraoltóir Anjeśka Mjercinović ag labhairt ó gheataí Bheairicí Puĺska Glova..."

"Tá na cúrsaí ag dul chun teannais anseo gan stad gan chónaí. Chuir an Leifteanantchoirnéal Vusoky dornán saighdiúirí ar garda ag geataí na mbeairicí, agus is éard a deir sé go bhfuil na Cumannaigh ag féachaint le deireadh a chur leis an gCathlán Deonach toisc gurb é an t-aon eagar míleata sa tír nach bhfuil réamhstair aige ó laethanta an Chumannachais. Is éard a deir an tAire Dlí agus Cirt, Vlodzislav Govronk, go bhfuil fiosrú á rith in aghaidh Vusoky faoin gcaidreamh a bhí aige leis an Maifia Rúiseach agus go bhfuil gach seans ann go gcaithfidh sé an dlí a sheasamh de thoradh an drochamhrais seo. Tá an chuma ar an scéal go bhfuil Vusoky tar éis saighdiúirí de chuid an Chathláin a chur ar fáil don Mhaifia mar fheallmharfóirí íoctha le linn chogadh mór na gcoirpeach i Ćarny Cholmc anuraidh. Séanann Vusoky na líomhaintí sin go hiomlán agus é ag maíomh nach bhfuil ann ach éitheach a tháinig as ceárta bolscaireachta na n-iar-Chumannach agus na seanseirbhísí rúnda. Tá óglaigh an Chathláin ag seasamh go daingean leis an Leifteanantchoirnéal Vusoky. Iad siúd de na saighdiúirí ar labhair mé leo chreid siad go raibh an ceart ag Vusoky agus go raibh na hIar-Chumannaigh meáite ar an gcumhacht a shealbhú in athuair. Bhí siad dírithe ar shaoirse na tíre a chosaint ar iarrachtaí den chineál sin. Mise Anjeśka Mjercinović, Pulska Glova."

Ba dual do mhuintir Ślodaŕ gan an dea-ghiúmar a chailleadh i bhfianaise na dtrioblóidí ba mheasa, ach i ndiaidh phríomhscéala na hoíche bhí siad go léir ina dtost, agus níor thaise don stócach é. Bhí sé scanraithe, ach ba é an chéad rud a rith leis ná a mháthair, chomh buartha is a bhí sí nuair a chuala sí an chéad uair go raibh a mac dírithe ar sheal a chaitheamh sa tSlaivéin i ndeireadh an tsamhraidh. Dia dár réiteach, cheapfadh sí go raibh sé ar lóistín na hollscoile cheana féin agus ghlaofadh sí ar roinn na bhfoghlaimeoirí coimh-thíocha—agus gheobhadh sí le cloisteáil nár tháinig a leithéid sin de bhuachaill i láthair ansin ar aon nós! Ansin rug mo dhuine ar a stuaim. D'fhág sé uimhir fóin na háite seo aici chomh maith. B'fhéidir go mbeadh sé de mheabhraíocht aici scairt a chur ar mhuintir Ślodaŕ ar dtús, má chuaigh an nuacht seo a fhad leis an seanfhód.

"Dia dár réiteach," arsa Miroslav. "Níl róchuma air sin." Chaith sé súil thuirseach ar an stócach. "Díreach nuair a tháinig tusa ar cuairt anseo."

"An bhfuil muid in aon dainséar, dar leat?" a d'fhiafraigh an stócach.

"Is deacair a rá faoi láthair an bhfuil," a d'fhreagair Miroslav. "Bhuel bhí a fhios agam riamh gur amaidí a bhí ann nuair a bronnadh údarás d'aon chineál ar Ondřej Vusoky."

Cé go mbíodh an stócach ag léamh nuachtán Slaivéanach go tráthrialta, ní raibh a fhios aige ach ar éigean cérbh é Vusoky ar aon nós. Níor bhac meáin chumarsáide a thíre féin leis an diúlach áirithe sin beag ná mór, agus mar sin, ba ghnách leis a shíleadh go dtí seo nach duine tábhachtach a bhí ann ar aon nós—nach raibh ann ach duine eile de na tuathghríosóirí a d'fhlúirsigh i bpolaitíocht na Slaivéine i ndiaidh thitim an Chumannachais.

"Níor chuala mise mórán iomrá ina thaobh riamh," arsa mo dhuine le Miroslav. "Cén sórt duine é?"

Thosaigh Miroslav, Hejba, Ivona agus Elka féin araon ag míniú don stócach cén cineál diolúnach a bhí in Ondřej Vusoky, agus de réir a chéile thosaigh tuiscint éigin ag fabhrú ina intinn. Bhí Vusoky ina oifigeach in arm na Slaivéine nuair a bhí an Cumannachas faoi réim go fóill. Ansin tharraing sé seantithe de chineál éigin anuas air féin agus thug na fórsaí armtha an sac dó. D'fhéach Vusoky lena áitiú ar an náisiún anois go raibh sé ina easaontóir polaitiúil agus gurbh ar chúiseanna polaitíochta a ruaigeadh as an arm é. Pé scéal é thosaigh sé ag déanamh mórtachais leis na ciorcail easaontacha i ndiaidh a shacála—roimhe sin bhí clú an Chumannaigh dhílis air. Ba é an leagan oifigiúil ná gur breabanna agus gnáthchoirpeachas a thuill an tsacáil sin do Vusoky, agus an chuma ag teacht ar an scéal go raibh an ceart ag na Cumannaigh an turas áirithe seo. Ina dhiaidh sin féin nuair a d'athraigh an córas bhí Vusoky i ndiaidh dintiúir inchreidte a thabhú dó féin mar easaontóir, agus mar sin tugadh a sheanchéim oifigigh ar ais dó faoi chroí mhór mhaith. San am sin féin bhí Vusoky ag caint ar chomh tábhachtach is a bhí sé eagar nua a chur ar na fórsaí armtha le slán ceart a fhágáil ag ré an Chumannachais, agus sa deireadh ceadaiodh dó a chathlán féin a fhoirmiú is a inleadh ionas go mbeadh saotharlann aige le haghaidh na n-athruithe a bhí le cur i bhfeidhm ar an arm go léir, dar leis.

"Ba é an daonlathas an focal ba mhinice a chloisfí uaidh agus an scéim seo ar na bacáin aige," arsa Hejba. "Ní raibh a fhios ag aon duine i gceart cad é a chiallaigh an daonlathas mar rud i gcúrsaí cosanta na tíre, ach is iomaí duine a shíl gur chóir cead a chinn a thabhairt don fhear, ar feadh tamaill ar a laghad, ós rud é go raibh aisling aige i dtaobh na gcúrsaí seo, rud nach raibh ag aon duine eile."

"Bhí cuid mhaith amadán ann san am sin agus an port sin á sheinm acu," arsa Ivona. "Iad ag áitiú go raibh siad ní b'eolaí air seo nó siúd ná an chuid eile againn, agus gach duine acu chomh teann as féin is gur rug sé orainn ar ár míthapa."

"Cá bhfuil na beairicí sin ar aon nós?" a d'fhiafraigh an stócach. "An bhfuil siad in aon chóngar dúinne?"

"Tá siad in aice leis an gcathair ceart go leor," arsa Miroslav, "ach is ar an taobh eile ar fad atá siad suite.

Is ar éigean a bheas muid féin in aon ghuais, má bhíonn trioblóidí ann."

"Ach, má éiríonn leo an chumhacht a shealbhú? Le lámh láidir?"

"Ní baol duitse," arsa Ivona. "Is eachtrannach thú."

"Oraibh féin ba mhó a bhí mé ag smaoineamh," arsa an fear óg, agus dáiríribh bhí sé fíorbhuartha faoi na cairde nua seo.

"Tháinig muid slán as blianta an Chumannachais," arsa Miroslav, agus faobhar dúshlánach diúnasach ar a ghuth anois. "Tá cleachtadh maith againn ar gach uile shórt. Bhí géarchéimeanna polaitiúla sa tSlaivéin roimhe seo féin, ach mar a fheiceas tú tá muid beo breabhsánta i gcónaí."

Mhaolaigh na focail seo traidhfilín ar eagla an stócaigh, ach mar sin féin bhí sé buartha go fóill. B'fhéidir nach raibh fear an tí ach ag misniú an chuid eile acu, a bhantracht féin chomh maith lena chuairt- eoir. Ach pé scéal é ba mhór an t-ardú meanman do mo dhuine an méid a dúirt Miroslav leis. Chomh cúthail cladhartha is a bhí sé féin bhí sé buíoch as a bheith ar lóistín ag fear chomh croíúil sin.

20
Greann Canúnachais agus Aislingí Grá

Bhí an stócach agus muintir Šlodař díreach á n-ullmhú don leaba nuair a chualathas an guthán ag clingeadh. Ba í Ivona ba luaithe a rug ar an nglacadán.

"Šlodař, Ivona ag labhairt," ar sise. Ansin thosaigh sí ag labhairt Gearmáinise, agus tháinig sé aniar aduaidh ar an stócach chomh líofa is a bhí an teanga aici. "Sea, a bhean uasal, tá sé anseo. Níl caill air, níl sé ach tuirseach i ndiaidh an turais... Ná bíodh brón ort, a bhean uasal, tá sé slán sábháilte anseo agus sinn ag tabhairt aire dó... Ar mhaith leat cúpla focal a rá leis féin?" Ansin, scairt Ivona ar an stócach teacht ag labhairt lena mháthair.

"Sea, mise atá anseo, a Mhaim."

"Tá tú i do bheatha, a stór! Agus sinn ag féachaint ar an teilifís anseo shíl muid go raibh réabhlóid ar siúl sa tSlaivéin."

"Níl muid féin ach i ndiaidh an nuacht a chloisteáil," ar seisean. "Is é an scéala a bhí ar an teilí anseo go bhfuil an t-oifigeach seo agus a chuid saighdiúirí ag fanacht sna beairicí sin ar imeall na cathrach agus strainc mhíofar orthu leis an gcuid eile den chine dhaonna, agus go bhfanfaidh siad mar sin go Lá an Luain, mura dtaga an chuid eile de na fórsaí armtha ansin le hiad a iompar amach. Ní réabhlóid atá ann ná geall leis. Deir athair Ivona nach bhfuil ann ach géarchéim pholaitiúil eile den chineál is dual don tír seo agus nach bhfuil muid in aon dainséar."

Chuir Maim roinnt ceisteanna eile air agus é ag tabhairt freagraí suaimhnitheacha uirthi: cailín iontach deas a bhí in Ivona, ar seisean, agus ní raibh caill ar an teaghlach ar aon nós, nó bhí an ceathrar acu chomh cineálta is a bhí siad greannmhar, agus maidir leis an teanga, bhí sí aige ní b'fhearr ná mar a shíl sé, nó ní raibh deacrachtaí ar bith aige caint na ndaoine anseo a thuiscint.

Sa deireadh chuir mo dhuine an glacadán uaidh. Dúirt Ivona go bhfuair sí a theanga dhúchais do-thuigthe ar fad chomh difriúil is a bhí sí leis an tSlaivéinis, le fírinne bhí sé ag dul di go bhféadfadh aon duine foghair mar sin a fhuaimniú ar aon nós.

"Bhuel," ar seisean go magúil, "chomh deacair is atá sí teastaíonn uaim go mór mór teangacha is fusa ná í a fhoghlaim, cosúil leis an tSlaivéinis."

"An dóigh leat gur teanga fhurasta í an tSlaivéinis? Sin port nár chuala mé ó aon eachtrannach riamh roimhe seo," arsa Hejba.

"Chaith mé na blianta fada ar scoil ag iarraidh an Béarla agus an Ghearmáinis a cheansú, cé go bhfuair mé cuidiú ó mo mháthair," arsa an stócach. "Ní raibh oiread is focal Slaivéinise i mo phluc dhá bhliain ó shin, ach nuair a d'aithin mé chomh loighiciúil, chomh

ciallmhar is a bhí an teanga shúigh mé chugam í mar a
bheinn ag ól uisce." Agus ní raibh ann ach cnámha
loma na fírinne. Bhí iontas ar mo dhuine féin i gcónaí
chomh sciobtha a tháinig an tSlaivéinis aige nuair a
thosaigh sé ag baint an chéad adhmad aisti.

"Tá a lán focal agat nach samhlóinn a chloisteáil ag
foghlaimeoir ón gcoigríoch," arsa Hejba Ślodařova.
"Focail nach bhfuil ar fáil sna bunfhoclóirí dar liom.
Cár thóg tú iad?"

"Léigh mé cuid mhaith leabhar agus nuachtán," ar
seisean. "Agus má tháinig mé ar fhocal nár thuig mé
agus nach bhfuair mé san fhoclóir, chuir mé ceist ar mo
mhúinteoir, is é sin ar léachtóir Slaivéinise ár n-oll-
scoile. Is mór an cuidiú é múinteoir den chineál sin a
bheith agat."

"Caithfidh sé gurbh as Modloj do do mhúinteoir,"
arsa Miroslav, agus gnúis mhagúil mhioscaiseach air.
Cathair réasúnta mór in Oirthear na Slaivéine a bhí i
Modloj.

"Is as Modloj di cinnte," arsa an stócach agus iontas
air. "Nó mar a d'inis sí dom b'ansin a chuaigh sí ar scoil,
ach is i mBerno, faoin tuath taobh amuigh den chathair,
a chaith sí blianta a céad óige."

"Muise," arsa Miroslav, "sin é an rud a taibhsíodh
dom. Tá do chuid Slaivéinise go hiontach ar fad, ach is
dócha go mbainfidh tú gáire as cuid mhaith daoine sa
chathair seo agus an chanúint sin agat. Is dócha go
raibh tú ag athléamh ar gach gné den chaint a bhí ag do
mhúinteoir—"

"Bhí muis."

"—agus nach raibh múnlaí eile agat."

"Ní raibh mórán. Má casadh aon duine ón tSlaivéin
uirthi sa chathair, d'fhuadaigh sí é le cúpla focal a
labhairt linn ina chanúint féin, ach is sárannamh a
tharla a leithéid."

"Tá sé cineál barrúil tá a fhios agat, eachtrannach ag
labhairt na teanga, agus blas mhuintir Mhodloj chomh
láidir sin aige. Ach is amhlaidh is fearr duit i ndáiríribh.
Má theipeann ort focal nó abairt a thuiscint uaireanta,
beidh muintir na príomhchathrach an-fhoighneach
leat. Tá sé de theist ar mhuintir Mhodloj go bhfuil siad,
um, cineál malltuisceanach. Glacfaidh na daoine leis
nach bhfuil ach dúchas Mhodloj ag cur as duit, agus
beidh siad ag síleadh gur cainteoir dúchais tú i ndiaidh
an iomláin."

Ar a laghad mhínigh an méid seo cén fáth a raibh an
léachtóir chomh minic ag insint scéilíní páistiúla
magaidh faoi chomh dúr is a bhí muintir na príomh-
chathrach, a shíl mo dhuine. Cinnte bhí na staróga
céanna ar eolas ag muintir Šlodar chomh maith, ach
amháin gurbh é fear Mhodloj a bhí ag déanamh pháirt
an amadáin.

Ansin chuaigh siad a luí, an t-iomlán dearg acu. An
tolg ar ar chaith an stócach an tráthnóna ar fad ag
srannfartaigh leis, d'oscail fear an tí é agus chóirigh sé
leaba cheart don chuairteoir ansin. Chuir an fear óg
pitseámaí air féin faoin mblaincéad agus chaith sé súil
ina thimpeall. Thug sé faoi deara leabhar Slaivéinise ar
an mbord beag in aice leis an tolg agus rug sé air.
Dyrdomdeje dobrogo vojńaka Švejka vo všomjernej raci.
Sea, eachtraí an dea-shaighdiúra úd Švejk sa chogadh
domhanda, an clasaiceach clúiteach Seiceach le Jaroslav
Hašek. Léigh mo dhuine cúpla leathanach faoin dóigh

a raibh an dea-shaighdiúir ag déanamh a bhealaigh i dtreo "Ćeske Budzjejovice", de réir litriú na Slaivéinise, ach ansin chuir sé an leabhar uaidh agus mhúch sé an solas. Bhí sé ag smaoineamh ar Ivona, agus a fhios aige go raibh sí ina luí taobh thiar d'aon bhalla amháin.

Ivona féin ní raibh sí ina codladh go fóill. Bhí sí ag caint i gcogar le hEĺka.

"Cad é mar a thaitníos sé leat, mar sin?" arsa Eĺka léi.

"Ná bí ag caint chomh dána sin, a óinseach. Tá a fhios agat go rímhaith go bhfuil ár dteanga go paiteanta aige. Má chloiseann sé thú tuigfidh sé thú!"

"Éist an tseafóid. Tá an doras dúnta. Ní aireoidh sé a dhath. Abair anois, cad é an bharúil atá agat de mo dhuine?"

"Nach cuma duit faoi sin!"

"Ó, ní cuma in aon chor," arsa Eĺka. "Ní raibh tú leath chomh cotúil is a bhíos tú de ghnáth i gcuideachta strainséirí. Chonaic mé go raibh tú á chuimilt díreach mar a bheadh madra beag ann. Agus an dóigh a ndearna tú freastal air! Tá tú i ngrá leis, ar ndóigh."

"Stad de sin. Ní strainséir é ach seanchara. Bímid ag scríobh chuig a chéile le tamall maith ama anuas. Cén fáth a mbeinn cúthail ina fhianaise? Agus má d'fhreastail mé air, tá a fhios agat mé. Má bhíonn tusa tinn beidh mé ag freastal ort ar an dóigh chéanna."

B'fhíor d'Ivona, a shíl Eĺka—ní cúis iontais ar bith a bhí ann go raibh sí le dul i scoil na mbanaltraí san fhómhar. Mar sin féin bhí sí ag dul thar fóir leis an stócach—is é sin mura raibh sí i ngrá leis i ndáiríribh, dar leis an deirfiúr bheag.

"Ó, a Eĺka, éist sin anois. Níl mé féin cinnte an bhfuil mé doirte dó. Is maith liom é ar ndóigh. Tá sé cineál ciotach, an sampla bocht, agus san am chéanna tá a fhios agam go bhfuil ómós aige dúinne, mar Shlaivéanaigh. Ní fear saibhir ón gcoigríoch é ag iarraidh cailíní a phostordú lena shult a bhaint astu. Buachaill mánla macánta é."

"An é an craiceann atá do do tharraingt chuige? An dóigh leat go bhfuil sé go maith sa leaba?"

"Bí i do thost, a Eĺka!"

"Is é an craiceann é, admhaigh é! An bhfuil mórán cleachtadh aige, meas tú?"

"Níl a fhios agam dáiríre, creid uaim é! Níor scríobh sé a dhath ar bith faoi sin riamh, murar chuir mise ceist air."

"Ar cheistigh tú faoi chúrsaí craicinn é? Cad é a scríobh sé chugat?"

"Ní dhearna sé ach freagra a thabhairt ar na ceisteanna go múinte."

"Ach an raibh cailíní aige?"

"Níl a fhios agam... Bhuel fan leat, thug sé le tuiscint go raibh cailín amháin aige ach gur tháinig deireadh leis an scéal le fada. Níl mé cinnte ar bhain mé an chiall cheart as sin, nó ní raibh a chuid Slaivéinise chomh líofa san am sin agus atá sí inniu."

"Ar chaith sé oícheanta leis an gcailín sin?"

"Éist anois, níl a fhios agam!"

"Tá mé cinnte gur chaith. Bíonn coiscíní ar fáil i ngach uile áit sna tíortha sin agus ní shíleann aon duine a dhath de bheith ag bualadh craicinn roimh an bpósadh!"

"Nach agatsa atá a fhios," arsa Ivona. "An síleann tú go bhfuil bosca iomlán coiscíní sa mhála aige?"

"B'fhéidir go bhfuil, ar eagla na heagla," arsa Eĺka, agus í ag sciotaíl gáire.

"Sin é an t-aon rud a gcuireann tú spéis ann ar na saolta seo," arsa Ivona go tuirseach. "Craiceann, craiceann, craiceann arís. Shílfeá go mbeadh do cheacht foghlamtha agat agus an dóigh ar chríochnaigh do scéal leis an amadán sin a thug buille duit."

"Ó, ná bí ag trácht air sin," arsa Eĺka. Bhí an mhioscais mhagúil imithe agus snag caointe ag teacht ina glór.

Bhí aiféaltas ar Ivona gur tharraing sí chuici an scéal grá sin a d'iompaigh ina dhomlas. "Gabh mo leithscéal, a Eĺka. Bímis inár gcodladh anois. Oíche mhaith, a stór."

"Oíche mhaith, a Ivona," arsa an deirfiúr bheag.

Ina dhiaidh sin féin ní raibh a codladh ag teacht ar Ivona. Bhí sí ag smaoineamh ar stócach na coigríche, agus í á cuimilt féin. Ní raibh sí cinnte an raibh fonn ceart comhriachtana uirthi. Ba é an rud ba mhó a theastaigh uaithi ná croí isteach a fháil uaidh is a thabhairt dó, é a fháscadh chuici, agus teas a cholainne a bhrath in éadan a colainne féin.

Maidir leis an stócach ní shamhlódh sé a bhod a bhleán anseo agus smál a fhágáil ar na braillíní. Bhí sé breá sásta leis na cúrsaí mar a bhí siad, leis an aire a bhí Ivona a thabhairt dó. Is é an rud a bhí de dhíth air ná go dtitfeadh a chodladh air agus go músclódh Ivona ar maidin é, go gcuimleodh sí é, go bpógfadh sí é b'fhéidir. Ba chuimhin leis go maith go raibh Ivona díreach ag cuimilt a leicne agus é ag dúiseacht i ndiaidh an tráthnóna a chaith sé ar an tolg.

Ach ar ndóigh bhí sé ag déanamh a mharana ar an todhchaí arís—ar an todhchaí a bheadh roimhe amach dá dtitfeadh sé féin agus Ivona i ngrá le chéile. Cé gur teaghlach intleachtúil a bhí i muintir Ślodaŕ, ní raibh Ivona ach le dintiúir na banaltra a bhaint amach, mar a d'inis sí do i litir. É féin ba ghnách leis dearcadh air féin mar eolaí mór agus é le héachtaí móra léannta a chur i gcrích. An bhféadfadh sé saol a chaitheamh le banaltra? An mbeadh ábhar comhrá ar bith acu le chéile?

Ón taobh eile de nach raibh ceacht foghlamtha aige ar bhord na loinge? Glac an saol mar a thagas sé. Má bhí cailín cosúil le hIvona—cailín deas dathúil, mín macánta, caomh cineálta—má bhí cailín cosúil léi siúd sásta caitheamh leat mar a chaithfeadh sí le grá geal, cén fáth nach nglacfá leis sin mar thabhartas ar chóir duit bheith buíoch as?

Thit a chodladh air agus chaith sé an oíche ina thoirchim suain, beag beann ar an saol, ar an ngéar-chéim pholaitiúil agus ar na saighdiúirí a bhí ag déan-amh fhaire na hoíche sna beairicí i bPuĺska Glova. Caithfidh sé go raibh tuirse orthu siúd freisin, gurbh fhearr leo an leaba ná an fhairtheoireacht agus go raibh corrdhuine acu idir dhá chomhairle an raibh sé chomh ciallmhar sin i ndiaidh an iomláin Ondŕej Vusoky a leanúint go bun an angair.

21

Ag Spaisteoireacht

Gheal an lá arna mhárach faoi dheoidh, agus fuair an stócach a raibh súil aige leis: ba í Ivona a tháinig á mhúscailt. "Dúisigh, a chuid," ar sise leis agus a béal ag cuimilt lena chluais. "Caithfidh tú cith a thógáil agus bricfeasta a ithe."

"Óóó... nach bhfuil cead agam cúig nóiméad eile a chaitheamh sa leaba?"

"Níl ná cead," arsa Ivona go gealgháireach. "Éirigh as an leaba anois, a chuid, agus téigh go dtí an seomra codlata."

I ndiaidh caoi a chur air féin chuaigh an stócach go dtí an chisteanach áit a raibh muintir Slodař cruinn cheana féin. "Dia dhaoibh ar maidin," ar seisean. "Ar chuala sibh scéala nua ar bith faoi na beairicí sin?"

"Chuala agus níor chuala," a d'fhreagair Miroslav, fear an tí. "Bhí feasachán breise ar an raidió leathuair an chloig ó shin, ach ní raibh mórán le rá acu amach óna raibh ar eolas againn féin. Tá trúpaí an Rialtais agus lucht leanúna Vusoky ag féachaint ar a chéile go duairc duasmánta os comhair na mbeairicí i gcónaí. Is é an chuid den scéal nach dtaitníonn liom ar aon nós ná go mb'fhéidir go dtiocfaidh tancanna an rialtais ar an láthair le tuilleadh brú a chur ar Vusoky. Níl ann ach luaidreán agus shéan urlabhraí an Aire Chosanta é cheana féin, ach ba séanadh é nár shéan a dhath i ndáiríre."

"An mbeidh sé sábháilte dul go lár na cathrach inniu, mar sin?" arsa an stócach,

"Ní thuigim cén fáth nach mbeadh," a d'fhreagair fear an tí. "Is fíor go bhfuil lár na cathrach níos cóngaraí do na beairicí ná an ceantar seo, ach tá mé cinnte nach bhfuil dainséar ar bith ann. Má bhíonn cathanna ann ní bheidh siad á gcur i lár na cathrach ach timpeall ar Phulska Glova. Bíonn na mílte daoine amuigh ag siopadóireacht agus ag fámaireacht leo Dé Sathairn, agus beidh inniu, chomh maith le gach uile sheachtain."

Bhí an stócach féin chomh buartha faoi ghéarchéim na mbeairicí is gur chuir an buaireamh sin féin tuilleadh imní air. Chuaigh misneach agus meanma fhear an tí i gcion air go mór mór, áfach, agus é ag déanamh iontais de. Cad é ba dúshraith leis an meon sin?

Rith caibidil as stair na Slaivéine leis, scéal ba chuimhin leis ó *Novovŕemjenne dzjejiny Slavjenskeje* le Radoslav Vojtović, an chéad leabhar staire a bhí sé in ann a léamh ó thús deiridh sa teanga. Thug an leabhar cur síos cuimsitheach ar na laethanta i ndeireadh an Chéad Chogadh Domhanda, nuair a bhí na náisiúin Shlavacha ag baint amach a saoirse ó Dhémhonarcacht na hOstaire is na hUngáire. Nuair a thosaigh cumhacht na himpireachta sin ag titim as a chéile, chuaigh comhairle cathrach Bjela Voda i gceannas ar an tír go léir, agus léigh an tArdMhéara Vojislav Kravcovsky amach forógra neamhspleáchais na Slaivéine do mhuintir na cathrach ó bhalcóin halla an bhaile. Faoin am seo, áfach, bhí an Ghearmáin Impiriúil beo breabhsánta i gcónaí, nó níor séalaíodh a díomua ach in Earrach na bliana 1918, nuair a chuaigh trúpaí Ludendorff in anás lóin i ndiaidh dóibh briseadh tríd an gcathéadan thiar. Mar sin, nuair a tháinig ginearáil an ardcheannais sa Ghearmáin ar an gconclúid go raibh rialtas neamhspleách in áit chomh straitéiseach leis an tSlaivéin ag bagairt ar an nGearmáin, ghléas siad faoi dheifir fórsa sluaíochta leis an tír a chloí is a chur faoi chois. Na cuairteoirí ón gcoigríoch a bhí sa phríomhchathair san am sin baineadh siar astu go léir nuair a chonaic siad an dóigh ar ghlac muintir na háite an scéala faoi na trúpaí impiriúla Gearmánacha a bhí ag druidim isteach. Ní dhearna siad ach cromadh ar an obair ag tógáil baracáidí agus ag ullmhú constaicí i mbealach na dtrúpaí a bhí ag teacht—díreach mar nach mbeadh ann ach cuid de ghnáthaimh an lae.

Mar a d'iompaigh an scéal amach ní raibh gá leis na constaicí sin, ó b'éigean do na Gearmánaigh a gcuid trúpaí a tharraingt ar ais i ndiaidh an chéad chúpla scliúchas leis na hóglaigh náisiúnta Shlaivéanacha. Bhí siad ag teastáil sa bhearna bhaoil in áit éigin eile, agus tar éis an tsaoil ní raibh na ginearáil sásta tús áite a thabhairt don tSlaivéin thar phríomhláthair an chogaidh.

I ndiaidh an bhéile chuaigh an teaghlach go léir amach, agus an stócach sna sálaí acu. Ní raibh siad leis an ngluaisteán a thógáil inniu, nó bhí Miroslav inbharúla go gcaithfeadh an fear óg bealaí an tráchta phoiblí i mBjela Voda a fhoghlaim má bhí sé le mí iomlán a chaitheamh anseo ag gluaiseacht timpeall na

háite. Thug sé ticéad don stócach agus dúirt sé go gcaithfeadh mo dhuine aire mhaith a thabhairt dó, agus ansin chuaigh siad go stad tramanna achar beag bealaigh ón mbloc árasán ina raibh cónaí ar mhuintir Ślodať.

Chuaigh siad ar bhord an chéad tram a tháinig. Bhí boscaí dearga miotail crochta taobh istigh, agus na paisinéirí ag plódú chucu lena gcuid ticéad. Sháigh gach paisinéir a thicéad féin i bpoll beag ag ceann an bhosca agus las solas dearg in aice leis an mbéal sin. Tharraing an paisinéir amach an ticéad ansin agus tháinig an chéad duine eile ag imirt an chlis chéanna.

"Sna laethanta a bhí," a dúirt Miroslav leis an bhfear óg, "bhíodh cromán mór ar thaobh na meaisíní seo agus chaithfí é a chasadh le poll a chur sa ticéad. Tháinig leictreonaic in áit an chrománi idir an dá linn áfach. Inniu, stampálfaidh an gléas do thicéad go huath-oibríoch nuair a chuirfeas tú isteach é. Uaireanta tagann cigire ar bhord an tram nó an bhus agus ansin caithfidh tú an ticéad a thaispeáint dó. Tugaimid canáraithe ar na cigirí toisc go gcaithidís sainéide bhuí fadó. Inniu ní fheicfeá sainéide ar bith orthu, nó is nós leo seangú ar bhord an bhus mar nach mbeadh iontu ach gnáthphaisinéirí. Nuair a ghluaisfeas an gléas siúil ón stad, taispeánfaidh an cigire a chárta aitheantais agus tosóidh sé ag caitheamh súil ar thicéid na ndaoine."

Chuir an stócach a thicéad isteach sa mheaisín, agus mar ba chuí d'fhág an sás sraith uimhreach air, trasna na bhfocal *Dzvigacjeĺstvo Bjelovodnogo mjejstva*, a chiallaigh Córas Iompair Bhardas Bjela Voda.

Nuair a thuirling siad den tram, chuir mo dhuine sonrú i seanphlaic mharmair a bhí crochta de bhalla tí os a chomhair, agus na focail *Novy Mjer* le léamh uirthi. "An Domhan Nua" ba chiall leo, agus ba mhinic a thagair Vitk féin don tsráid stairiúil seo ina chuid scríbhinní. Ar dtús bhí na tailte seo suite taobh thiar de bhallaí na cathrach, ach sa deireadh theastaigh tuilleadh tithíochta le haghaidh na ndaoine a bhí ag teacht isteach ón tuath máguaird, agus mar sin a tháinig "An Domhan Nua" ar an bhfód, an chéad cheantar taobh amuigh de na seanbhallaí. Bhí ballaí sin na Meánaoise imithe le fada, ach ghreamaigh an t-ainm den tsráid i gcónaí.

Ní ag Vitk a chonaic an stócach an míniúchán seo an chéad uair ach ag Tomaś Końovsky, a scríobh leabhar iomlán faoin teideal "An Domhan Nua agus an Saol ina Thimpeall". "Seo mar a thagas 'domhain nua' chun saoil," dar le Końovsky, "seo mar a tháinig an Domhan Nua thar sáile"—an tOileán Úr—"chun saoil."

Duine de na treallchogaithe frith-Ghearmánacha a bhí in Końovsky. I ndiaidh an chogaidh fuair sé riachtanach ballraíocht an Pháirtí Chumannaigh a lorg, nó theastaigh uaidh dul le hamharclannaíocht, agus ní fhéadfadh sé an cineál sin oideachais—ná oideachas ar bith—a bhaint amach gan a dhílseacht don chóras nua a chruthú ar dhóigh ar leith. Ba é tuiscint oifigiúil an Pháirtí, tuiscint a chuirfeadh rogha saothar Franz Kafka i gcuimhne duit, gur treallchogaithe mion-bhuirgéiseacha ar strae a bhí i leithéidí Końovsky agus go raibh siad "go hoibiachtúil" ag treisiú leis na Naitsithe a bhí siad a mharú, i mblianta an chogaidh. Míle buíochas le Dia tháinig Końovsky slán ó lámh

Ag Spaisteoireacht

thapaidh na rúnseirbhísí Cumannacha, nuair a bhí siad ag géarleanúint crannlaochra de chuid na bhFórsaí Armtha Rúnda, ach ina dhiaidh sin féin, agus na polasaithe á maolú ag na húdaráis nua de réir is mar a chuaigh a gcumhacht i ndaingne, chaithfeadh fear le smál chomh mór sin ar a stair phearsanta a "pheaca" a admháil os comhair coiste ar leith agus a "thiomantas" do "chúis an lucht oibre" a chruthú. Cuid den chruth-únas seo ab ea é go ndeachaigh Koňovsky sa Pháirtí, is é sin, gur ghlac sé air féin an tsúil ghéar a choinníodh an Páirtí ar na hiarrthóirí ballraíochta ar feadh i bhfad.

Nuair a bhí Stailín ag iompar na bhfód faoi dheireadh bhí cead ag leithéidí Koňovsky a nochtadh go raibh siad ina n-iar-threallchogaithe de chuid na bhFórsaí Armtha Rúnda, agus in imeacht na mblianta d'fhoilsigh an scríbhneoir sraith leabhar inar thug sé tuairisc ar a chuid eachtraí le linn an chogaidh. Nuair a bhí ré an Chumannachais thart, áfach, thosaigh radacaigh óga na heite deise ag ionsaí Koňovsky mar "ealaíontóir bréige" a chaith na blianta fada "ag imeacht le haer an tsaoil ar an airgead a ghoid na Cumannaigh ó na cáiníocóirí". Ní raibh súil ná coinne ag an seanscríbhneoir leis an gcineál seo bombardaíochta, agus theip a shláinte air go sciobtha. Fuair sé bás le taom croí bliain go leith i ndiaidh thitim an Chumannachais.

Tharraing an stócach ainm Koňovsky chuige le hathair Ivona, agus sméid sé a cheann. "Muise! Anseo a bhí Koňovsky ag scríobh a chuid úrscéalta faoi na treallchogaithe thiar sna seascaidí agus sna seachtóidí, sna tithe caife ar an taobh thoir de Novy Mjer. Deirtear go raibh prios ar leith ag fear an tí in *Kavjarňa Novy Ritz* thall ansin le haghaidh lámhscríbhinní Koňovsky amháin, nó bhí sé an-sáite sa scannánaíocht san am agus ba mhinic a chaithfeadh sé imeacht ón gcaifé le freastal ar a chuid gnóthaí mar stiúrthóir nó mar léiritheoir scannán. Agus ba nós leis a chuid leabhar a chur i dtoll le chéile as na bloghanna a bhreacadh sé síos ar lipéid éagsúla, ar dhuilleoga scoite as leabhráin nótaí. Uair amháin chuir léirmheastóir ina leith go raibh sé tar éis an lipéad céanna a úsáid i gcúpla leabhar éagsúil, ach is éard a dúirt sé ná nach raibh, agus má bhí féin, gurbh eisean úinéir an chóipchirt. Bhuel nuair a dúirt sé an méid sin fuair Príomh-Údarás Cóipchirt na Slaivéine—údarás de chuid an Stáit a bhí ann agus na Cumannaigh i gceannas air ar ndóigh—fuair an Príomh-Údarás sin riachtanach fiosrú a thosú le fáil amach an mbeadh sé indéanta cinsireacht a dhéanamh ar shaothar an scríbhneora toisc go raibh sé tar éis a chóipcheart féin a shárú."

"Dar Dia tá sé aiféiseach ar fad!" arsa an stócach.

"Tá muise," arsa Miroslav Ślodać. "Ach cogar anois, is é an mhíthuiscint is mó a bhíos ag muintir an Iarthair ar an gcinsireacht sa tír seo—agus sna tíortha Sóisialacha eile, is dóigh liom—go raibh rialacha soiléire ann agus teorainneacha an chead cainte leagtha amach go sothuigthe, ionas go raibh gach uile dhuine ábalta an fhochais a sheachaint. Bhí an scéal i bhfad ní ba chasta, áfach. Déan do mharana ar Tomaś Końovsky: cén cineál scríbhneoir a bhí ann? Scríbhneoir bisiúil misniúil agus na daoine á léamh. Níorbh fhéidir leis an gcinsireacht ná leis an tseirbhís rúnda féin a chuid saothar a thoirmeasc scun scan, nó bhí an Stát ag iarraidh a thabhairt le fios go raibh sé ina urraí fial flaithiúil ag na healaíona, go raibh sé meáite ar ghléas maith oibre a chur ar fáil is a chinntiú do na scríbhneoirí agus na healaíontóirí go léir. Ón taobh eile de ba léir go raibh scríbhinní Końovsky ag cur isteach ar na Cumannaigh go mór mór, agus cleas éigin de dhíth ar na húdaráis iad a choinneáil as aice láimhe ó na léitheoirí. Mar sin rith scéimeanna éagsúla leo, ceann acu ab ea scéim seo an chóipchirt. Go bunúsach, dá n-éireodh leo próis dlí a dhéanamh de, d'fhéadfaidís iomlán a chuid saothar a choinneáil faoi chosc a fhad is a bheadh an phróis á rith, agus ar ndóigh bhí a sáith acmhainní acu lena rogha fad a bhaint aisti."

"Ach ní dheachaigh an scéal sin a fhad leis an gcúirt riamh, an ndeachaigh?"

"Sa deireadh thiar ní dheachaigh. Dealraíonn sé gur tuigeadh do dhuine éigin i mBiúró Polaitiúil an Pháirtí Chumannaigh go gcuirfeadh a leathbhreac de chaingean clú idirnáisiúnta na tíre, an beagán a bhí fágtha de, ó mhaith ar fad. Níor theastaigh uaidh ula mhagaidh a dhéanamh dínn ar fud an domhain agus mar sin thug sé leid faoi choim do lucht an dlí an fiosrú a chaitheamh i dtraipisí." Rinne sé tost. "Nuair a bhí mise i mo pháiste," ar seisean, "bhí deireadh leis an ngarbh-Stailíneachas cheana féin. Ní raibh an dainséar ann a thuilleadh go dtabharfaí go dtí an tSibéir thú dá ndéarfá rud éigin as cosán. Bhí drochphríosún amháin ann, peannadlann Zaspov..." Is minic a casadh ainm agus míchlú na peannadlainne sin ar an stócach cheana féin, ach d'fhág sé cead cainte ag Miroslav. "...peannad-lann Zaspov agus í suite in aice le teorainn na Seicslóvaice. Go bunúsach ba leor aon cheann den chineál sin leis an tSlaivéin a choinneáil faoi smacht agus eagla a chur ar gach mac máthar agus iníon athar orainn, ós tír chomh beag í seo."

Thug mo dhuine faoi deara go raibh siad ar Shráid Laochra an Gheiteo, áit a raibh geiteo Giúdach na cathrach fadó.

"Thig linn súil a chaitheamh ar shéadchomhartha an gheiteo," arsa Miroslav. "An bhfuil a fhios agat scéal an gheiteo i mBjela Voda?"

"Níl mé cinnte an bhfuil sé i gceart agam," a d'fhreagair an fear óg. "Léigh mé úrscéal Bogdan Kravcyk faoi na treallchogaithe agus iad ag smuigleáil airm thine chuig an gCumann Cosanta Giúdach tríd na séaraigh."

"'Bealach Mór an Dreama Dhamnaithe', sin é an leabhar a bhí ann nach ea?" arsa Ivona.

"Sea," a d'fhreagair mo dhuine. "Chonaic muid an scannán freisin, nó bhí an físeán ag an léachtóir s'againne." Ba é Ondřej Vjeřba, stiúrthóir mór na Slaivéine i ré an Chumannachais, a scannánaigh an leabhar thiar sna seascaidí, agus chuaigh an scannán ar fud an domhain. Le fírinne bhí sé feicthe ag an stócach sular fhoghlaim sé an chéad fhocal Slaivéinise riamh, nó thaispeáin an teilifís é fadó. San am sin bhí mo dhuine i bhfad ró-óg le bheith ag breathnú ar stuif chomh scanrúil sin, ach mar sin féin chonaic sé ó thús go deireadh é, cé gurbh iomaí geit a baineadh as mo dhuine i rith an scannáin. Ní raibh sé ábalta na himeachtaí traigéideacha a ligean i ndearmad ina dhiaidh sin, agus b'fhéidir gur cúis eile a bhí ann leis an spéis a chuir ag staidéar na teanga é sa deireadh.

"Léigh mise é sular tháinig sé ar liosta léitheoireachta na scoile," arsa Ivona. "Ní raibh mé ach i mo chailín

beag san am. Bhí bá thar na bearta agam le Monika
Fersterova, banaltra na dtreallchogaithe. Léise a rinne
mé mo chomhionannú. Bhí mé faoi mhéala ar fad
nuair a mharaigh na Naitsithe í."

"Arbh é an t-úrscéal sin a chuir i mbealach an bhan-
altrais mar shlí bheatha thú?"

"Gach uile sheans gur chuir, ach níl mé cinnte i
ndáiríribh. Tá an dá bh'fhéidir ann. Ní minic a d'fheic-
feá cailín ina laoch mar sin sna húrscéalta cogaidh. Do
na fir is mó a scríobhtar iad."

"Dúirt mo léachtóir go raibh cuid mhór den
cheartchreidmheachas Chumannach measctha tríd an
bhfírinne sa leabhar," arsa an stócach.

"Ní bheifeá ag súil lena mhalairt," arsa Miroslav
Slodať. "Is é an mí-ionracas is mó a rinne Kravcyk ná
gur Cumannaigh iad an lucht frithbheartaíochta sa
gheiteo aige. Ní raibh sin fíor ná geall leis. Bhí cúpla
Cumannach Giúdach ann ach má bhí féin ní sa gheiteo
seo a bhí siad lonnaithe. Chuaigh siad ar lorg dídin go
dtí an tAontas Sóivéadach chomh maith leis an gcuid
eile dá bpáirtí, ach, chomh drochamhrasach is a bhí
Stailín i dtaobh na gCumannach ón gcoigríoch
cuireadh cuid nár bheag acu chun báis nó cimíodh in
oileánra na gcampaí géibhinn iad. Bhí páirtí eile ag eite
chlé radacach na nGiúdach seachas na Cumannaigh,
mar atá, Cumann Giúdach na mBocht is na Nocht,
agus ba leis an bpáirtí sin a chloígh na Giúdaigh sa
gheiteo. Nó leis an dá pháirtí sin ba chóra dom a rá."

"An dá pháirtí?" arsa an buachaill.

"Ba é an Siónachas ba chúis leis an scoilt. Cuid de
lucht leanúna an Chumainn theastaigh uathu imirce a
dhéanamh agus cur fúthu sa Phalaistín, agus an chuid

eile acu bhí siadsan barúlach gurbh fhearr fódú ceart a lorg i sochaí na Slaivéine i ndiaidh an chogaidh. Cé go raibh an frith-Ghiúdachas láidir go leor sa tír bhí siad tar éis an-dul chun cinn a dhéanamh á saoradh ó bhráca i dtúsbhlianta an neamhspleáchais, agus dóchas acu as an tír seo."

"Nach raibh páirtithe sain-Ghiúdacha eile ann?"

"Is ar éigean is féidir páirtithe a thabhairt orthu. Bhí na céadta cumann agus eagraíochtaí ag na Giúdaigh sa tír seo chomh maith le hOirthear na hEorpa go léir, agus cuid áirithe acu sách sáite i saol na polaitíochta, ach is é mo thuairim go raibh 'na Boicht is na Noicht' ar an gceann ba mhó acu sa gheiteo seo, i bhfianaise an dóigh a ndeachaigh a mhuintir chun radacachais de thoradh an chruacháis ina raibh siad. Thairis sin, ba iad 'na Boicht agus na Noicht' an t-aon dream amháin a raibh cleachtadh ceart acu ar a bheith ag obair faoi choim na hoíche, ar chúla téarmaí, ar a seachnadh ó na húdaráis. Mar sin bhí sé i ndán dóibh dul i gceannas ar an ngluaiseacht frithbheartaíochta sa gheiteo."

22

Seantrodaí Giúdach an Gheiteo

Bhí an-téagar i séadchomhartha an gheiteo, agus é ar maos leis an gcineál bród truamhéileach a shamhlófá le saothar ealaíne a bhí ceaptha le cuimhne a choinneáil ar chath éadóchasach na nGiúdach in Oirthear na hEorpa in aghaidh shluaite dochloíte an Naitsíochais. Fir a bhí ann agus iad ag ardú a gcuid arm tine leis an mbuille deireanach a bhualadh ar son an náisiúin Ghiúdaigh in aghaidh Hitler. Mná a bhí ann agus iad ag iarraidh a gclann a choinneáil i bhfolach ó chrobhingne na hollbhrúide Naitsíche. Bhí béal gach duine acu ar leathadh mar a bheidís go léir ag scairteadh in ard a gceann.

"Béic nach gcloistear," arsa Ivona. "Féach na graifíní sin."

Ba léir go raibh daoine ann nár chuala an bhéic sin, nó bhí roinnt maslaí frith-Ghiúdacha breactha ar chos na deilbhe.

Bhí seanfhear díreach ag fágáil bláthanna in aice leis an séadchomhartha, agus é ag labhairt Béarla leis an mbeirt bhan ina chuideachta. Bean mheánaosta agus

déagóir girsí a bhí iontu, agus ba deacair a rá cé acu iníon agus gariníon nó bean chéile agus iníon a bhí iontu.

Labhair an seanfhear le Miroslav. Bhí blas an Bhéarla ar a chuid Slaivéinise ach má bhí féin ba léir go raibh an teanga ó dhúchas aige.

"Cé hiad na daoine óga seo, le do thoil?" a d'fhiafraigh an seanfhear de Mhiroslav.

"Is iad na cailíní an bheirt iníonacha atá agam," ar seisean. "Cara pinn leis an mbean is sine acu é an fear óg. Lochlannach atá ann."

Nuair a bhí an méid sin tuigthe ag an seanfhear, d'inis sé a scéal do na daoine óga, "le cur in aghaidh na díchuimhne". Agus b'fhiú cuimhne a choinneáil air.

Mac dochtúra a bhí ann agus é in aois a chúig bliana déag sa bhliain 1942, nuair a d'éirigh na Giúdaigh amach i ngeiteo Bjela Voda, agus iad in umar an éadóchais ar fad, nó bhí an cogadh ag éirí leis na Gearmánaigh i gcónaí, agus an chuma ar an scéal nach bhféadfaí an cath a bhriseadh orthu choíche. Ós buachaill óg a bhí sa seanfhear seo san am, bhí a chuid fola ar coipeadh le fonn chun beatha, cé go raibh an bás máguaird ó gach taobh. Mar sin theastaigh uaidh buille a bhualadh ar son a mhuintire agus a thaispeáint go raibh sracadh na hóige sa náisiún Giúdach i gcónaí.

Le linn na ceannairce bhí sé ag cur troda ar na Gearmánaigh ar nós gach uile fhear óg sa gheiteo. B'iomaí cara agus ba lia comrádaí catha a chonaic sé marbh ag piléir na nGearmánach. Bhí cineál cumann grá aige le girseach ar comhaois leis féin ach má bhí ní raibh ann ach seal gairid, nó níor spáráil na Naitsithe na cailíní ach oiread leis na Giúdaigh eile. Níor fhéad

sé í a chaí san am mar ba chuí, áfach, nó bhí an troid á
cur agus ní raibh fágtha ag aon duine acu pé scéal é ach
bás fiúntach a chinntiú dó féin.

Nuair a bhí an t-éirí amach cloíte ag na Gearmánaigh
d'éirigh leis an bhfear seo agus cúpla fear óg eile a bhí
fágtha ar an saol den fheadhain mhór a bhí ann i dtús
an éirí amach, d'éirigh leo an geiteo a fhágáil tríd na
séaraigh le cuidiú treallchogaithe ón taobh amuigh. Ina
dhiaidh sin chaith siad tréimhse ag cur cogaidh sna
Fórsaí Armtha Rúnda, ach ansin chimigh na Gear-
mánaigh iad. Bhí an bás ag bagairt orthu in athuair
anois, ní mar Ghiúdaigh ach mar throdaithe neamh-
dhlisteanacha, ach ó bhí siad ag teastáil ó na Gear-
mánaigh mar sclábhaithe oibre níor cuireadh chun báis
iad i ndiaidh an iomláin. Tugadh go dtí an Ghearmáin
iad agus sa deireadh ba iad na Meiriceánaigh a shaor
iad. "Bhí na Meiriceánaigh iontach folláin, iontach
sláintiúil ina gcosúlacht i gcomparáid linn féin chomh
seang stiúgtha is a bhí muid," arsa an seanfhear. "Bhí
sliocht na náisiún difriúil ar fiannas in arm na Stát, idir
Iodálaigh, Ghiúdaigh, Éireannaigh agus Ghormaigh.
Bhíodh na Naitsithe de shíor ag áitiú go gcaithfeadh
gach cine fanacht glan ó chomhoibriú leis na ciníocha
eile agus gur chóir le lucht aon chine cur le chéile agus
nach raibh sa stair ach cogadh na gciníocha. Anseo,
áfach, bhí lucht na gciníocha éagsúla go léir ag cur
catha ar na Gearmánaigh gualainn ar ghualainn. Bhí
an Naitsíochas bréagnaithe ag na buachaillí seo chomh
hiomlán agus ab fhéidir. Sin é an tuige gur chinn mé
ar shaoránacht Mheiriceánach a bhaint amach chomh
luath agus a thiocfadh liom."

Tháinig deora le súile an tseanfhir agus é ag féachaint siar ar na laethanta sin. D'fhan lucht a éisteachta ciúin tostach ar feadh tamaill, ach ansin chuaigh Ivona chuige agus d'fhiafraigh sí:

"An minic a bhíos an t-am sin ar d'intinn inniu? An smaoiníonn tú i gcónaí ar an gcailín sin, mar shampla?"

D'iompaigh an seanfhear a shúile fliucha chuig an gcailín.

"Idir an dá linn bhí mé in ann dearmad a dhéanamh di ar feadh i bhfad agus gan mo chloigeann a bhuaireamh thar an riachtanas leis na cuimhní cinn sin, ach anois agus mise dulta chomh mór seo anonn san aois is minic a thagas imeachtaí an ama sin ar ais chugam, i mbrionglóidí na hoíche go háirithe."

Ansin rinne sé tost beag agus sméid sé a cheann i dtreo Elka. "Ester a bhí uirthi agus í sách cosúil le do dheirfiúr ansin. Cad is ainm di dála an scéil?"

"Elka atá uirthi."

"Agus cén aois í?"

"Tá sí seacht mbliana déag."

"Tá sí níos sine ná Ester ar lá a báis... Míle buíochas le Dia tá Elka beo i gcónaí!"

Tháinig snag i nglór an tseanfhir, agus rug Ivona ar a naipcín póca leis na deora a thriomú de.

Ansin, d'imigh muintir Slodaŕ agus an stócach leo i ndiaidh dóibh slán a fhágáil ag an seanfhear agus a bhantracht. D'fhan siad ina dtost ar feadh tamaill mhaith agus iad ag déanamh a marana ar scéal an tseanfhir. Bhí iontas ar Adam chomh beo a bhí an stair sin féin sa chathair seo i gcónaí.

"Seo duit Café Panslavia!" a dúirt Ivona go tobann. Agus cinnte bhí fógrán mór ar crochadh de bhalla an tseanfhoirgnimh aird mhaisiúil ar an taobh eile den tsráid. Muise, anseo a bhí Café Panslavia, ar scríobh Vitk an oiread sin faoi.

"Mar sin is suim leat Café Panslavia ar nós gach uile dhuine ón gcoigríoch?" arsa athair Ivona.

"Bhuel tá a fhios agat gurbh iad na leabhair phróis le Vitk a tharraing m'aird ar an tSlaivéin agus ar an tSlaivéinis ar an gcéad ásc, agus ba mhinic a thagraíodh sé siúd ar thábhacht an chaifé sin i saol cultúrtha na Slaivéine..."

"Leabhair phróis le Vitk? Muise níl mórán cur amach agam orthu siúd. An chuid is mó againn is mar fhile a aithníos muid é. Chuala mé gur scríobh sé cuimhní cinn agus gur tháinig a chuid obair iriseoireachta i gcló faoi chlúdach leabhair, ach ní fhaca mé aon leabhar próis leis riamh. Caithfidh mé a admháil, fiú, go bhfuil ainm agus sloinne Vitk fite fuaite lena chuid dánta i m'intinn féin, agus ní chreidim go raibh mórán maithe ann riamh le prós a chumadh. Końovsky, sin scríbhneoir próis go smior duit, agus é chomh difriúil le Vitk agus is féidir. Nuair a baineadh an cosc de shaothar Vitk, d'fhéach an bheirt acu—eisean agus Końovsky— d'fhéach siad le leabhar cuimhní cinn Vitk a scannánú.... *Dolina Mroky* is teideal don leabhar, ar léigh tusa é?"

"Léas," arsa Adam. "Ceann de na leabhair a bhí ann a mhúscail mo shuim sa tSlaivéin. Fuair mé mar bhronntanas ó m'athair é, nó aistriúchán Sualainnise de."

"Bhuel caithfidh mé a rá nár léigh mé féin é, nó ba é an tuairim a bhí ag Końovsky nach raibh mianach scéil ná ábhar scannáin ann, agus d'éirigh sé as tionscadal an scannáin sin scun scan. Ba é mo thuairim ná gur scríbhneoir agus scannánaí den chéad scoth é, gur fear ionraic é Końovsky, agus má shíleann seisean nach bhfuil mianach scéil i leabhar sin Vitk, go mb'fhéidir nach fiú bacadh leis."

"Mé féin léigh mé ar scoil é," arsa Eĺka anois. "Cuid den churaclam nua litríochta é. Na scríbhneoirí ar deoraíocht, sin cúrsa nua Slaivéinise againn."

"Ar léis? Conas a thaitin sé leat?" a d'fhiafraigh an stócach.

"Bhuel," arsa Eĺka, agus na spéaclóirí cruinne i stíl John Lennon ag glioscarnaigh faoi ghrian dheireadh an tsamhraidh. "Thaitin cuid de na caibidlí go mór liom, an cur síos a thugas siad ar an saol faoin tuath nuair a bhí sé óg... is féidir leat beagnach na naoscacha a chloisteáil agus iad ag eitilt os cionn na bpáirceanna, ach is fíor do Dhaid nach bhfuil scéal ann. Bheadh sé chomh maith aige dánta a scríobh faoi na radhairc chéanna. Na naoscacha ach go háirithe."

"Ar chuala tú féin naoscach riamh?"

"Ó chuala, chuala, chualamar go minic í," arsa Ivona anois. "Tá portach mór in aice le feirm Dhaideo, agus is minic a bhíos siad le cloisteáil ansin, na naoscacha. Ní minic a d'fheicfeá ceann acu, ach is furasta an fhuaim sin a aithint agus í ag teacht as an spéir."

"Bhuel mé féin níor léigh mé ach prós le Vitk, amach ón gcúpla dán a bhí le léamh i measc na n-aistí," arsa Adam. "Ní fear mór filíochta mé is baolach. Is é an rud is mó a chuir díograis orm ná an saibhreas eolais a bhí ag Vitk i dtaobh chultúr agus litríocht na Slaivéine. Domhan nua a bhí ann..."

157

"Muise, domhan nua," arsa Ivona go magúil, agus í ag tagairt don tsráid.

"Sea, domhan nua, agus chonacthas dom nach raibh an dara rogha agam ach Slaivéinis a fhoghlaim. Bhí an-mheas ag m'athair ar leabhair phróis Vitk freisin. Eisean a mhol dom iad."

Bhí meangadh an tseanfhir chríonna leis an nglasstócach óg ar Mhiroslav anois, agus é ag labhairt: "Ní féidir liom ach a rá go gcaithfidh tú a chuid dánta a léamh, a mhac. An bhfuil a fhios agat an ceann a scríobh sé faoi léirscrios an gheiteo i mBjela Voda?"

"Tá muis," arsa Adam. "Bhí sé curtha mar aguisín leis na cuimhní cinn ón am a chaith sé ag scríobh scéalta iriseoireachta do *Ćasnik Bjeleje Vody.*"

"Chuir sé sonrú i rud tábhachtach," arsa Miroslav, agus é ag éirí cineál sollúnta anois, "nach féidir Slaivéanach a aithint thar Ghiúdach ó thaobh na folaíochta de a thuilleadh, chomh measctha is atá an dá threibh trí chéile le fada an lá. Is é an dála céanna é ag na tíortha máguaird. Thairis sin, deirtear gur seanghnásanna Slavacha ó ré na Págántachta iad cuid de na sain-nósanna Giúdacha sna tíortha Slavacha, cosúil le briseadh na gloine ag an mbainis. Mar sin, an Slaivéanach a thugas fuath do na Giúdaigh tugann sé fuath dó féin. Rud é sin a rith le rogha ár gcuid scríbhneoirí agus smaointeoirí beag beann ar a chéile, agus is prionsabal é a gcloím féin leis. Mar a chonaic tú tá mé ag déanamh mo dhichill le cuid d'oidhreacht Ghiúdach na tíre seo a chur i míotar agus a choinneáil ar fáil don náisiún go léir. Ach ar ndóigh ní thaitníonn sé le cách. Tá cineál áirithe duine ann a ghlacas chuige féin gach sórt biogóideacht, réamhbhreithiúnas nó ciníochas lena chuid féin a dhéanamh de. Inniu, cé nach bhfuil ach dornán beag Giúdach fágtha sa tír, tá frith-Ghiúdachas ag dul i bhfairsinge sa pholaitíocht. Ach ná bímis ag smaoineamh air chomh deas agus atá an lá. Ar mhaith leat bualadh isteach i gCafé Panslavia?"

"Níl mé cinnte dáiríribh," arsa an stócach. "Cad é do thuairim féin?"

"Bíonn sé plódaithe ar na saoltaibh seo, nó cosúil leat féin chuala na turasóirí go léir iomrá air, agus caithfidh mé a admháil nach bhfuil mé róshásta leis an gcaoi dheireanach a chuaigh ar an áit, nó tá cuid mhór den tseanatmaisféar imithe anois. Tá a fhios agat an gnáthscéal, is é sin, theastaigh ó na húinéirí, nó na scairshealbhóirí, cuma nua-aimseartha a chur ar an áit anois, agus rinne siad praiseach de, ó ghlac siad leis an tairiscint ba shaoire."

"Ní féidir liom a rá nach dtarlódh a leithéid i mo chathair féin," arsa an fear óg, agus é ag smaoineamh ar an gcuma a bhí ar a ghnáthchaifé féin i láthair na huaire.

"Cogar, a mhac. Más maith leat caifé ceart de chuid Novy Mjer a fheiceáil mar a bhí sé le linn na scríbhneoirí móra is fearr dúinn cuairt a thabhairt ar Kavjarńa Staroslavjenska."

Dúirt an stócach gur smaoineamh maith a bhí ann, ós ag Miroslav ab fhearr a bhí aithne ar an gcathair. Ní raibh an áit i bhfad ar shiúl, agus mar sin chuaigh an t-iomlán acu go Staroslavjenska.

23

An Seanteach Caife

Ní raibh a fhios ag Adam arbh é seo an t-atmaisféar ba dual do na seantithe caife chois Novy Mjer, ach b'éigean dó a admháil go raibh a pearsantacht féin ag an áit. D'fheicfeá fótachóipeanna den tseanleabhar cuairteoirí ar an mballa agus boic mhóra an tsaoil chultúrtha tar éis a n-ainmneacha féin a fhágáil ansin. Bhí Vitk ann freisin ach ba é Smolarsky cúis bhróid na háite.

Taibhsíodh do mo dhuine ó thús go raibh aithne ag Miroslav ar fhear an tí anseo agus níor mheath a bharúil air, nó nuair a chuala an t-úinéir go raibh muintir Ślodaŕ ann tháinig sé ón gcúlseomra le fáilte a fhearadh rompu. Seanfhear a bhí ann a raibh cuid do shúl san fhéasóg a bhí aige, agus ba é an t-ainm a bhí air ná Jozef Skovronk. Chroith sé lámh an stócaigh go croíúil.

Dúirt sé gur Giúdach a bhí ann, "cé nach gcleachtaim an creideamh, nó is fear sceipteach mé go smior, agus sin é an tuige nár thug mé mórán teasghrá don Chumannachas riamh ach an oiread". B'fhollasach conas a fuair sé aithne ar Mhiroslav Ślodaŕ ar dtús: chuala sé go raibh a leithéid d'fhear ag cur suime in iarsmaí cócaireachta na nGiúdach sa tSlaivéin. Cuireadh bord ar leith in áirithe do mhuintir Slodař agus a gcuairteoir, agus bhobáil Ivona súil leis an stócach agus dúirt:

"Bhí an ceart ag an Eastónach sin agat—is fearr aithne ná airgead!"

Chaith Skovronk seal ag cadráil le Miroslav agus leis an gcuid eile acu. Bhí suim aige sa phobal Ghiúdach i dtír dhúchais Adam, agus rinne an stócach a dhicheall ainmneacha agus faisnéis a thabhairt dó, cé nach raibh sé ró-eolach ar an ábhar. Bhí a fhios aige a leithéid seo de cheoltóir, a leithéid sin de scríbhneoir agus a leathbhreac úd de chraoltóir, ach maidir leis an bpobal féin, ní raibh a fhios aige ach scéalta scéil, dar leis.

"Chuala mé go raibh do thír ar thaobh na Gearmáine sa chogadh agus gur tháinig an pobal Giúdach slán mar sin féin. An fíor é?"

Anois, bhí mo dhuine in ann freagra a thabhairt, nó bhí cúpla leabhar léite aige faoin ábhar seo, ó bhí suim aige i stair a thíre féin. "Tá an ceart agat. Bhí fiú sionagóg acu ar an gcathéadan. Na trúpaí dúchasacha i dtuaisceart mo thíre, bhí siad faoi ardcheannas na nGearmánach ó thaobh na straitéise de, ach ar ndóigh bhí oifigigh dár gcuid féin ag tabhairt orduithe do na gnáthshaighdiúirí. Bhí saighdiúirí Giúdacha ag troid ansin chomh maith, agus bhí a leithéid seo de chaptaen ann a cheadaigh dóibh sionagóg a chur ar bun le haghaidh lucht a gcomhchreidimh sa chuid sin den chathéadan. Ar ndóigh bhí na Naitsithe á dtachtadh le fearg nuair a chonaic siad an tsionagóg, ach ní fhéadfaidís a dhath a dhéanamh faoi."

Rinne an seanfhear gáire faoi sin, agus tháinig meangadh ar mhuintir Ślodaŕ chomh maith. "Ar ndóigh," a lean an stócach leis, "bhí brú airithe ann ar údaráis mo thíre ó na Gearmánaigh i dtaobh na nGiúdach, ach caithfidh tú a thuiscint go raibh an daonlathas agus an dlíthiúlacht ag obair i mo thír i gcónaí. Ní raibh Quisling ar bith i gceannas orainn, agus bhí feisirí sóisialacha daonlathacha sa pharlaimint. Ní fhéadfaí na Giúdaigh áitiúla, ar shaoránaigh iad, a fhágáil ar lámh na nGearmánach, nó bheadh callán ann. Rud eile áfach go raibh an tAire Gnóthaí Inmheánacha agus fear ceannais na bpóilíní rúnda chomh teanntásach leis na Naitsithe is go raibh siad sásta ochtar Giúdach a sheachadadh do na Gearmán-aigh, ach mar a thuig mé an scéal ní raibh faomhadh an rialtais acu. Cuireadh an dlí orthu i ndiaidh an chogaidh ach is é an dearcadh a bhí ag ár muintir agus ag na breithiúna araon gurbh é dlí an bhuaiteora é agus nár chóir an iomarca a ghearradh orthu, agus mar sin ní féidir a rá go mbeadh pionós cuí faighte acu."

"Dúirt tú gur seachadadh ochtar Giúdach do na Gearmánaigh ó do thírse. Cérbh iad sin féin?"

"Teifigh a bhí iontu, agus is dóigh liom nach raibh stádas an tsaoránaigh bainte amach ag aon duine acu go fóill. Is dócha go raibh na Gearmánaigh ábalta iad a chóiriú mar ghníomhairí dainséaracha. Thairis sin nuair a bhí an cogadh á chur ní bhfuarthas aon duine sa tír a bheadh neamhspleách nó neamhthuilleamaíoch a dhóthain le dídeanaithe ón gcoigríoch a chosaint go poiblí. Bhí eagla ar na daoine roimh líomhaintí mídhílseachta. Is dócha gurbh é an freagra a thabharfaí orthu ná go raibh ár gcuid buachaillí díreach ag fáil bháis ag troid an námhad, agus sibhse ag buaireamh faoi na heachtránaithe iasachta sin nach raibh buaille amháin buailte acu ar ár son."

"Tuigim," arsa an seanfhear i leathchogar, agus gnúis smaointiúil air. "Cad é a d'éirigh don ochtar sin?"

"Maraíodh seachtar i gcampaí an bháis. Bhí an t-ochtú duine acu ina bheatha go fóill nuair a shealbhaigh na trúpaí Meiriceánacha an campa ina raibh seisean cimithe, agus sa deireadh thiar chuir sé faoi in Iosrael. Níl sé sásta dul faoi agallamh ag ár gcuid nuachtán, nó fuair a ghaolta go léir bás san Uileloscadh, agus is é an t-aon rud a deir sé leis na hiriseoirí go bhfuil fuath na ndaol aige dár dtír. Agus dáiríre is fánach a bheadh ina dhiaidh sin air..."

"Is fánach muise," arsa an seanfhear, "ach is iontach an scéal a d'inis tú dom. An tsionagóg sin os comhair na Naitsithe!"

I ndiaidh dóibh an caifé a fhágáil chaith siad súil ar na caisleáin agus chuaigh siad go Pálás an Chultúir. Mar a dúirt Ivona, ba é túr an Pháláis an áit ab fhearr le radharc a fháil ar an príomhchathair, nó ní raibh an pálás féin le feiceáil ansin. Aibhéil a bhí ann, áfach, nó cé gur scríobaire spéire ab ea an túr sin, nó geall leis, bhí an pálás chomh millteanach is nach gcaithfeá do shúile a ísliú an iomarca le ceann de na sciatháin ab fhaide uait a aithint. Ina dhiaidh sin féin bhí an ceart ag Ivona, nó ag an té ónar chuala sí an sean-nath sin, go raibh croí uile na mórchathrach á leathadh os comhair an bhreathnóra thuas ansin.

"Shílfeá gurb ar bhord eitleáin atá tú," arsa Ivona, agus í ina seasamh in aice leis an mbuachaill.

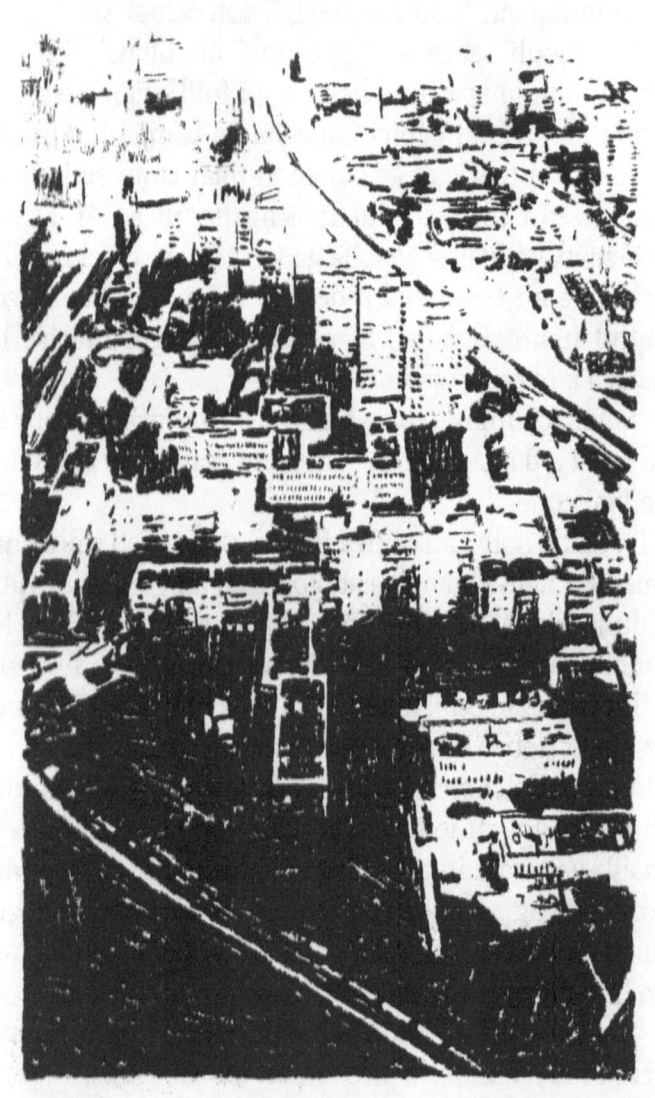

"Níl a fhios agam dáiríribh," ar seisean. "Ní dheach-aigh mé ar bhord eitleáin riamh."

"Nach ndeachaigh? An bhfuil eagla ort roimh eitilt?" ar sise go spochúil.

"Tá cinnte," a d'fhreagair an stócach. "Ná cuir an cheist orm cén fáth. Nuair a bhí mé i mo bhuachaill bheag bhí mé ag cur spéise sna heitleáin agus san eitleoireacht chomh maith le duine. Bíonn aislingí eitleoireachta ag gach uile ghasúr beag, agus níor thaise domsa é. Bhínn ag cóimeáil mionsamhlacha d'eitleáin agus de spáslonga ar nós na mbuachaillí eile, agus ag léamh leabhair mhaisithe faoi stair na heitleoireachta agus na spásloingseoireachta. Nuair a tháinig mé i mbun mo mhéide, áfach, thug mé faoi deara go raibh drogall uafásach orm roimh eitilt. Seachnaím na haer-foirt féin de ghnáth. Tú féin, ar eitil tú riamh?"

"D'eitlíos muise," a d'fhreagair sí, "nuair a thug an t-iomlán againn cuairt ar Shiceagó."

Chuala Elka na focail sin, agus mhínigh sí: "Áit a bhfuil cónaí ar na mílte Slaivéanaigh."

"An tríú cathair is mó sa tSlaivéin," arsa Hejba, agus í ag gáire.

24
Ag Siopadóireacht faoi Scáil na Ceannairce

Nuair a thuirling siad ón túr dúirt Miroslav go raibh seisean agus a bhean chéile chomh tuirseach anois is go rachaidís abhaile, ach má bhí fonn ar mo dhuine dul ag siopadóireacht—ó bhí na siopaí ar oscailt i gcónaí—go bhféadfadh sé fanacht i lár cathrach go ceann tamaill eile, in éineacht leis na cailíní. Ansin dúirt Ivona:

"Is fearr go rachaidh Eĺka abhaile libhse."

"Cén fáth?" arsa Eĺka go pusach.

"B'fhearr linn tamall ama a chaitheamh i gcuideachta a chéile," a d'fhreagair an deirfiúr mhór.

B'fhearr linn? Muise cé go raibh Ivona iontach deas ag caitheamh leis, ní raibh súil ag an stócach lena leithéid de phort a chloisteáil uaithi. Tháinig baspairt bheag eagla air, ach ansin bhain sé lán a shúl as Ivona. Cinnte, mar a déarfadh muintir na Slaivéine, *kavalk żony* a bhí inti, goblach mná a shásfadh gach cíocras. Nuair a bhíodh sé ag scríobh litreach chuici ba é an tátal a bhain sé aisti gur cailín caomh cúthail cotúil a bhí inti, ach anois bhí iontas air chomh dána is a bhí sí, chomh greannmhar. Nó b'fhéidir gurbh é an caighdeán é. An cailín a bhí cúthail sa tSlaivéin bheadh cliobóg cheanndána inti i dtír dhúchais an stócaigh féin. Ar ndóigh bhí sé incheaptha freisin go raibh sé féin chomh faiteach mar dhuine is go raibh an ghirseach ba chúthaile amuigh ní b'urrúsaí ná eisean.

Ach nár chuma. Theastaigh ón gcailín miorúilteach sin an tráthnóna seo a chaitheamh ina chuideachta-san. Ní raibh sé ábalta a chreidiúint go mbeadh a leithéid de dhearg-ádh leis.

"Is é mo chuairteoirse é," arsa Ivona go stuacanta.

"Nach ortsa atá an ráchairt inniu," arsa Hejba go magúil le hAdam, "agus na cailíní go díreach ag troid mar gheall ort."

Ansin chrom Ivona a ceann chuig Eĺka agus gnúis dhuairc dháiríre uirthi. Labhair sí le hEĺka os íseal agus tháinig an aghaidh chéanna uirthise. Sméid sí a ceann agus chuaigh sí go mánla múinte abhaile lena tuismitheoirí.

Ní bhfuair aon duine den chuid eile acu amach faoi, ach ba é an rud a dúirt Ivona nár fuasclaíodh géarchéim na mbeairicí go fóill, agus ar eagla go mbeadh trioblóidí ann, gurbh fhearr go mbeadh duine clainne amháin sa bhaile in éineacht le Maim agus Daid dá mbeadh drochscéala ar an raidió nó ar an teilifís agus ise is an buachaill amuigh fós.

Ansin chuaigh Ivona agus an stócach ag siopadóireacht. "Cá rachaidh muid ar dtús?" ar sise.

"Ansin," a d'fhreagair an fear óg agus é ag díriú a mhéire ar fhoirgneamh mhór a raibh na focail *Knigarńa imjeńa Karola Taraśkjevića* litrithe air—"An Siopa Leabhar, ainmnithe as Karol Taraśkjević." Bhí a fhios

ag an stócach cheana go raibh de nós ag na Slaivéan-aigh amharclanna, leabharlanna agus forais phoiblí eile a ainmniú as daoine mór le rá, agus de réir dealraimh d'fheicfeá an cleachtas céanna ag na siopaí leabhar freisin.

"Cérbh é Karol Taraśkjević?" a d'fhiafraigh an stócach d'Ivona, agus iad ag dul isteach.

"Caithfidh mé a admháil nach bhfuil a fhios agam féin é go rómhaith," arsa an cailín. "Duine de na sean-fhondúirí go bunúsach, duine acu siúd a chuir tús le litríocht ár dteanga thiar sa seachtú haois déag—fear eaglaise a bhreac síos a chuid seanmóirí agus a d'fhoilsigh faoi chlúdach leabhair iad. Bhí roinnt acu ann san am agus iad go léir á bplé ag múinteoir na Slaivéinise ach is dóigh liom nach bhfuil mé in ann iad a aithint thar a chéile. Tú féin, má rinne tú staidéar ar an teanga ba chóir go mbeifeá níos eolaí ná mé féin."

"Déanta na fírinne níor fhoghlaim mé mórán i dtaobh na seanscríbhneoirí stairiúla riamh," ar seisean. "Cé gur maith liom bheith ag léamh leabhair staire, leabhair faoin gcineál saoil a bhí ag na daoine fadó, is beag mo shuim i bhfoirmeacha stairiúla na teanga, nó an cineál litríochta nach bhfuil luach ann ach do na saineolaithe. Is maith liom litríocht ár linne, an cineál leabhair a thugas cur síos ar dhaoine ar féidir liom mo chomh-ionannú a dhéanamh leo, a meon a thuiscint, agus ní chreidim go mbeadh fonn orm mo chuid ama a chaith-eamh ag staidéar seanmóireacht na seaneaglaiseach."

"Bhuel cad é a déarfá faoin gceann seo? Bhí mé an-tugtha dó nuair a bhí mé i mo chailín bheag."

D'ardaigh Ivona leabhar den tseilf os a comhair. Is éard a bhí ann ná aistriúchán Slaivéinise ar "Oileán an

Órchiste" le Robert Louis Stevenson, agus foghlaí mara ag beartú claímh go bagrach ar an gclúdach. An mbíodh Ivona ag léamh eachtraí den chineál sin nuair a bhí sí ina cailín beag? Muise bhí an cailín sin ábalta teacht aniar aduaidh ort uair i ndiaidh a chéile!

"Ó is maith ar ndóigh," ar seisean. "Is cuimhin liom mo mháthair mhór a bheith á léamh dom nuair a bhí mé ag éileamh le fiabhras éigin i mo ghasúr bheag dom," ar seisean, rud a chuir aoibh shéimh gháire ar an ngirseach.

"Dúirt mo mhúinteoir Gearmáinise liom gur chóir dom na leabhair ab ansa liom i mo ghearrchaile bheag dom a athléamh sa teanga sin ar mhaithe leis an bhfoghlaim. D'éirigh liom an ceann seo a léamh as Gearmáinis agus mar sin bhí an ceart aici. Nár chóir duit í a léamh as Slaivéinis freisin má theastaíonn uait an teanga a fhoghlaim go paiteanta? Is é sin mura bhfuil sí go paiteanta agat cheana féin. Tá tú ag dul i bhfeabhas gan stad gan staonadh."

"Níl do chuid Gearmáinise go dona ach an oiread. Bhí tú thar barr á labhairt nuair a d'fhreagair an scairt teileafóin ó mo mháthair."

"Bhuel go raibh maith agat. Rinne mé mo dhicheall í a fhoghlaim, nó bhí Daid barúlach go mbeadh sí ag teastáil uaim. Tá sé féin ag baint an-úsáide aisti agus é ag léamh a chuid seanleabhar."

"Chonaic mé go raibh a lán leabhar aige sa teanga sin faoi chócaireacht na nGiúdach."

"Tá suim aige ina lán eile freisin, i saol na nGearmánach a bhí anseo sular thosaigh lucht labhartha na Slaivéinise ag dul chun cinn sa tsochaí."

"Cad é do bharúil féin faoi sin?"

"Bhuel is é m'athair é. Bíonn sé cineál tuirsiúil ó am go ham ach i ndiaidh an iomláin caithfidh mé a admháil nach ndeachaigh sé ach chun leasa dom an dóigh a mbíodh sé ag síoráitiú orm Gearmáinis a fhoghlaim. Nuair a chuaigh muid, an ceathrar againn, go dtí an Ostair ba mhór an t-áthas a bhí orm na fógráin agus na comharthaí a thuiscint, agus i ndiaidh cúpla lá thosaigh mé fiú ag baint céille as a raibh á rá ag na daoine. Cé go raibh mé ar an gcoigríoch ní raibh eagla ná coimhthíos orm roimh an áit. Bhí sé go hiontach!"

"Creidim é," arsa an stócach agus é ag bobáil súil leis an gcailín.

"Ó muis," ar sise, "ba chóir go mbeadh a fhios agatsa é!"

Phléasc a ngáire ar an mbeirt acu, agus sa deireadh dúirt mo dhuine: "Ach tá a fhios agat, is fíor duit go bhfoghlaimeoidh mé tuilleadh Slaivéinise as an leabhar seo. Níl mórán téarmaí mara ar eolas agam. Ceannóidh mé é cé nach bunsaothar Slaivéinise atá ann."

"Cogar," ar sise, "cad é a rinne léitheoir chomh cíocrasach díot, dar leat?"

"Bhuel," ar seisean, "bhí mé an-uaigneach nuair a bhí mé i mo bhuachaill bheag, agus ní raibh de chairde agam ach na leabhair. Cén fáth a bhfuil tú féin ag dul le banaltras mar shlí bheatha, thú féin?"

Chaith Ivona tamall i mbun a machnaimh. "Bhí Daid riamh den tuairim go gcaithfeadh a chlann oideachas ceart a bhaint amach. Oideachas ollscoile tá's agat. Mar sin ní mó ná sásta a bhí sé nuair a dúirt mé go raibh mé le bheith i mo bhanaltra. Níl mé cinnte an dtuigeann sé chomh cosúil is atá muid le chéile. É féin cuireann sé suim sna daoine a d'imigh romhainn, agus é ag iarraidh fáil amach faoin gcineál saol a bhí acu, ag féachaint le cuimhne a choinneáil orthu. Mé féin is iad na daoine atá beo inniu an chloch is mó ar mo phaidrín, agus teastaíonn uaim iad a thuiscint agus cuidiú leo. Ach is éard a chreideas mé gurb é an spreagadh céanna atá ann, ag an mbeirt againn, mise agus Daid. An dtuigeann tú?"

"Tuigim, is dóigh liom," a dúirt Adam, agus iontas air. Ba léir go raibh Ivona i ndiaidh cuid mhaith ama a chaitheamh ag déanamh a marana ar na cúrsaí seo. "Mé féin is é an fhadhb a bhí agam riamh ná nach raibh mo chabhair ag teastáil ó aon duine."

Nuair a chuala Ivona na focail sin, mhothaigh sí deann ag dul trína croí, agus ghlac sí trua leis. Shílfeá nach mbeadh ábhair imní an tsaoil seo ag cur as dó chomh saibhir is a bhí an tír arbh as dó, ach mar sin féin d'aithin sí féith aisteach duaircis ann nach raibh sí ábalta a thuiscint. Bhí sí buartha faoin stócach, agus san am chéanna bhí a fhios aici cheana go raibh sí in ann gáire a bhaint as agus go raibh cuideachta dheas ann nuair a bhuail an taom ceart é.

"Ar mhiste leat stad den chaint sin," ar sise. "Tá a fhios agat go maith gur fear ilbhuach intleachtach thú. Fan go fóill, nach é sin an t-údar is fearr leat?"

Muise bhí fógrán mór ann agus pictiúr Vitk air, chomh maith leis na focail "IS CUID DE LITRÍOCHT NA SLAIVÉINE MISE". Ní léireasc folamh follasach a bhí ann ach tagairt don agallamh cheannródaíoch a thug an scríbhneoir don iris úd *Noviny Literatury*, "Nuacht na Litríochta," thiar sna hochtóidí, nuair a baineadh glas na cinsireachta dá chuid scríbhinní. Cé go raibh an Cumannachas faoi réim i gcónaí san am, ceadaíodh do na nuachtáin agus na hirisí focail Vitk a aithris arís agus tagairt a dhéanamh dóibh. Ba é an t-agallamh sin an chéad cheann riamh ó na caogaidí anuas, agus de réir mar a chuala an stócach óna léachtóir Slaivéinise chreathnaigh an tír go léir nuair a chonacthas aghaidh an fhile ar chéad leathanach *Noviny*.

Ar ndóigh, níor cuireadh iarsmaí deireanacha na cinsireachta ar ceal ach i ndiaidh don Chumannachas imeacht. Nuair a d'ardaigh mo dhuine cóip de chín lae an scríbhneora, nó *Zobrate Pamjacjenky*, "Díolaim na Leabhrán Nótaí", le súil a chaitheamh air, thug sé faoi deara go raibh lorg na cinsireachta ar an leabhar i gcónaí: na sleachta a ghearr an cinsire, bhí siad ar fáil mar aguisín i ndeireadh an leabhair, ós rud é go raibh an t-eagrán seo leagtha amach agus cóirithe don chló cheana nuair a tháinig an scéala go raibh deireadh leis an gcinsireacht. Sheiceáil an stócach na leathanaigh ar a raibh gearrthaí na cinsireachta le haithint: cuireadh in iúl iad le lúibíní cearnacha a raibh trí phonc eatarthu, agus na focail "An tAcht um Réamhscrúdú an Ábhair Chlóbhuailte, na Nuachtán, na nIrisí, na Leabhar agus na dTaifeadtaí" ag teacht ina ndiaidh, chomh maith le tagairt do mhír bhainteach an Achta.

Cheannaigh mo dhuine sraith iomlán na dialainne sin, agus mar a chomhairligh athair Ivona dó phioc sé leis "Rogha Dánta" an fhile chomh maith.

B'éigean d'Ivona mo dhuine a tharraingt amach as an siopa, beagnach, agus nuair a bhí sé sásta go raibh a dhóthain aige, b'éigean do chailín an tsiopa trí mhála plaisteacha a thabhairt dó le haghaidh na leabhar go

An tSlaivéin

léir. Chomh cuidiúil is a bhí Ivona, ghlac sí chuici ceann de na málaí, ach nuair a d'aithin sí chomh trom is a bhí sé, dúirt sí go raibh an-chathuithe uirthi cúpla focal Slaivéinise a mhúineadh don stócach nach bhfaca sé ina chuid foclóirí riamh. "Seo ábhar banaltra ag labhairt, a stór"—thug sí "a stór" air anois!—"is trua liom do dhroim bocht ag dul as alt agus tú ag tarraingt na málaí seo ó thraein go traein ar do bhealach abhaile." Chreathnaigh a guth beagáinín nuair a luaigh sí an "bealach abhaile", nó ba leasc léi a shíleadh go raibh an buachaill le hí féin agus an tír go léir a thréigean i gceann míosa.

"B'fhéidir gurbh fhearr dom fanacht sa tSlaivéin ag léamh mo chuid leabhar," ar seisean, agus meangadh gáire air. Thug Ivona in amhail póg a thabhairt dó, nó mhothaigh sí an-tonn teasa ina chroí nuair a chuala sí na focail sin uaidh, ach bhí aiféaltas uirthi ina dhiaidh sin.

"Is dóigh liom gurb é seo deireadh ár mbabhta siopadóireachta," ar sise, agus iad ag teacht amach ar dhoras mór an tsiopa.

"Muise," arsa an fear óg. "Caithfidh muid stad na dtramanna a bhaint amach. An bhfuil ticéid agat?"

"Ní shamhlódh aon duine de bhunadh na cathrach seo a theach féin a fhágáil gan ticéad don tram," arsa an cailín. "Agus mar is eol duit is i mBjela Voda a rugadh is a tógadh mise. Ba chóir duitse béasa na háite a thógáil agus cuairt a thabhairt ar oifig an *Dzvigacjeĺstvo* le cúpla dosaen acu a cheannach le d'aghaidh féin."

"Muise, déanfad," arsa an stócach. Ansin thosaigh an ghirseach ag sciotaíl gáire go mioscaiseach agus dúirt sí:

"Féach thall ansin! An mbíonn siopaí den chineál sin i do thír féin?"

Chaith an fear óg súil ar an siopa a raibh Ivona ag tarraingt a méire air, agus dhearg sé ó chluais go cluais. Cad eile a bheadh ann ach siopa craicinn, nó, leis an bhfocal nua Slaivéinise a úsáid, *seksuarńa*—focal comhthruaillithe as *seksualny*, collaí, agus *kavjarńa*, teach caife.

"Bhuel bíonn," ar seisean, "ach níor tháinig siad go dtínár dtír féin ach le déanaí."

"Ar thug tú cuairt ar aon cheann acu riamh?" a d'fhiafraigh an cailín.

"Níor thugas," a d'fhreagair sé. "Chonaic mé cuid mhaith scannán den... den chineál áirithe sin nuair a bhí mé i mo dhéagóir, físeáin tá a fhios agat. Ach níl bród orm as in aon chor."

"Nach tusa atá geanmnaí, a stór," ar sise.

"Bhuel an ndeachaigh tú féin ann?" ar seisean.

"Ní bhfaighinn ó mo náire é," a dúirt Ivona.

"Ná mise," arsa an fear óg. "Thairis sin, i mo thír féin is áiteanna míchlúiteacha iad na siopaí craicinn ar chúiseanna eile fós. Glactar leis go coitianta go bhfuil baint éigin acu leis na ciorcail choiriúla."

Ansin tháinig coinnle an aislingigh i súile an chailín. "Caithfidh mé a rá áfach go bhfuil mé cineál fiosrach faoi na háiteanna sin. Nach bhfuil tusa?"

"Níl mórán," ar seisean. "Sílim go bhfuil a fhios agam cheana féin a bheag nó a mhór cad é a gheobhainn romham. Is é sin, físeáin leathair, boid bhréige—"

Ní raibh a fhios aige go beacht conas a déarfaí "boid bhréige" as Slaivéinis, agus b'éigean dó téarma dá dhéantús féin a chur i dtoll le chéile. Is dócha áfach gur thuig Ivona é nó sciorr gáire beag uaithi.

"—agus trealamh dóibh siúd ar maith leo ceangal na gcúig gcaol nó cluichí sádmhasacacha eile."

Shílfeá gur ag tachtadh sraotha a bhí Ivona.

"Níl a fhios agam thusa, ach níl suim agam sna cluichí sin. Níl mé sách cleachtach ar an ngnáthrud le héirí chomh tuirseach sin de is go gcaithfinn triail a bhaint as an gcineál sin speisialtachtaí," ar seisean.

"Bheadh ceist agam ort," ar sise, agus a guth ag creathnú.

"Cén cheist?"

"Ar shín tú le cailín riamh?"

"Shíneas," ar seisean. "Nár inis mé duit go raibh sórt cumainn agam le cailín nuair a bhí mé díreach tosaithe san ollscoil agus chaith muid roinnt oícheanta le chéile. Ach ní maith liom a bheith ag trácht ar an scéal sin."

"Ar thréig sí thú?"

"Thréig," ar seisean, "agus mise ba chiontaí leis. Ní raibh cailíní eile agam ach bhí mé mí-ionraic ar dhóigh eile. Ní raibh mé in ann an rud a bhí ar mo chroí a rá léi. D'aithin sí é rud nár thaitin léi agus ansin tháinig deireadh leis an gcumann."

"Ní raibh cailíní eile agat?"

"Bhuel bhí cineál. Cailín nach raibh inti ach aitheantas na huaire." Ba leasc leis an stócach a admháil gurbh ar bhord na loinge ar an mbealach anall a thit sé amach. "Ní raibh comhriachtain againn i gceart. Níor thug muid ach sásamh láimhe dá chéile." Bhí na focail Slaivéinise ag teip ar mo dhuine agus b'éigean dó a chuid abairtí a choinneáil gairid. B'fhearr leis anois nach mbeadh réamhchleachtadh ar bith aige, nó ba náir leis bheith ag plé a chuid eachtraí earótacha, tearc truamhéileach is uile mar a bhí siad, le hIvona.

Maidir leis an ngirseach féin, nuair a chuala sí é ag tagairt d'fhaoiseamh na láimhe tháinig sceitimíní deasa uirthi. Bhí an fear óg seo ábalta a leithéid a dhéanamh, a leithéid de rud coincréiteach a dhéanamh le ragús na mná a shásamh. Nuair a dúirt sé le focal teibí leigheaseolaíochta go raibh comhriachtain aige lena chailín fadó, ba bheag spreagadh a thug sé d'fhantaisíocht Ivona. Anois áfach tháinig mothú deas in íochtar a goile nuair a samhlaíodh méara an fhir óig di agus iad ag cuimilt a pisese.

Bhí siad díreach ag fanacht leis an tram nuair a d'airigh siad torann nár chualathas a leithéid i lár na cathrach seo i ndiaidh an Dara Cogadh Domhanda ach le linn pharáidí an airm. Baineadh scanradh gan a leithéid eile as an mbeirt acu, nó nuair a d'iompaigh siad lena fheiceáil cad é ba chúis leis, is éard a chonaic siad ná tanc a bhí ag déanamh a bhealaigh i dtreo Pulska Glova.

25
An Táinrith

Ar dtús shíl siad nach raibh ann ach aon tanc amháin, ach ní mar sin a bhí, nó tháinig ceann eile sna sála, agus ceann eile, agus tuilleadh acu, shílfeá gur leath briogáide a bhí ann. Bhí siad ag déanamh a mbealaigh go malltriallach i dtreo Phulska Glova, áit a raibh na saighdiúirí reibiliúnacha ag fanacht le huair a gcinniúna. In éineacht leis na tancanna bhí na saighdiúirí cos-slua ag teacht, agus iad á n-iompar ag leoraithe móra a raibh dath dubhuaine na bhfórsaí armtha orthu. Ar éigean a bhí cuma an churaidh chróga ar aon duine acu. Fir óga ab ea a bhformhór agus drogall orthu roimh an teagmháil le lucht na ceannairce. A lán acu cheapfá nach ndeachaigh rásúr ar a leicne go fóill chomh hóg is a bhí siad, agus go raibh eagla orthu nach rachadh choíche. Ghlacfá trua leis na buachaillí bochta. Bhí fir ann ba sine ná iadsan, agus ní raibh gnúis na sástachta orthu ach an oiread. Ba léir gur lú orthu ná an sioc cath agus cogadh a chur ar chomhthírigh.

Nuair a tuigeadh d'Adam go raibh na cúrsaí ag iompú chun donais i ndáiríribh tháinig sé aniar aduaidh air féin chomh suaimhneach a d'fhan sé. Bhí a fhios aige ina ainneoin nach raibh ach aon chuspóir amháin fágtha aige ar an saol seo, is é sin, Ivona a tharrtháil, foscadh agus fothain a chinntiú don chailín. Ní raibh a dhath fágtha den niúdar neádar a bhí ann roimhe seo. Thosaigh sé ag breathnú ina thimpeall agus é ag iarraidh bealach éalaithe a aithint le go dtiocfadh leis Ivona a thabhairt as an drocháit ina beatha. Roimhe seo, agus é ag déanamh a mharana ar chás na ndaoine i dtíortha guagacha, ba mhinic a shíleadh sé go bhfliuchfadh sé a threabhsar ar an toirt dá mbeadh sé sa chruachás chéanna, agus nach n-éireodh leis rud fónta ar bith a chur i gcrích. Ní mar a shíltear is a bhítear, ar ámharaí an tsaoil: d'imigh sin agus tháinig seo.

Go tobann bhí an áit ag cur thar maoil le póilíní agus iad ag ruaigeadh na ndaoine as na sráideanna siopaí. Bhí an chuma ar an scéal nach raibh a fhios acu féin cén cineál contúirte a bhí ann—an raibh lucht leanúna Ondŕej Vusoký tar éis na beairicí a fhágáil agus iad ag iarraidh Áras na Parlaiminte a ghabháil? Nó an ag féachaint leis an stáisiún craolacháin a shealbhú a bhí siad? An mbeadh scliúchais ann? An mbeadh an t-arm agus na ceannairceoirí ag lámhach ar a chéile i gcóngar do lár na cathrach?

Agus más ag cur na ruaige ar an slua a bhí na péas, ní raibh orduithe soiléire faighte acu an dóigh a raibh siad ag teacht crosach ar a chéile. Má bhí an póilín seo ag áitiú ort a leithéid seo de threo a thabhairt ort féin ní bheifeá i bhfad ag imeacht romhat nó go dtiocfadh an chéad chonstábla eile ag impí ort filleadh ar ais gan mhoill.

"Ach dúirt an póilín úd thall ansin liom go gcaithfinn teacht an bealach seo leis an dainséar a sheachaint," a déarfá leis an bpéas.

"Ó, dar an diabhal níl a fhios ag an amadán sin a dhath ar bith," a d'fhreagródh an constábla agus an chosúlacht air go raibh sé lán chomh scanraithe, lán chomh mór ar míthreoir leis na daoine eile i lár na cathrach.

Bhí cearthaí agus corraíl ag dul i dtreise i measc an tslua a bhí ag teacht le chéile i lár na cathrach. Bhí na daoine ag bualadh faoi chéile agus ag déanamh iontais cá raibh a dtriall, ó nach raibh na póilíní féin ar aon tuairim faoin mbealach ab oiriúnaí le dul abhaile. Bhí an áit ag tolgadh círéibe de chineál éigin, agus an t-atmaisféar ag dul chun teannais. Sa deireadh, scaoileadh an teannas sin.

Chualathas lámhach ó threo Phulska Glova, agus ar an toirt bhí gach uile dhuine sa slua ag iarraidh an chuid eile a shoncáil i leataobh uaidh lena éalú féin a dhéanamh rompusan. Chuir Adam a lámha thart ar Ivona le hí a chosaint ar bhuillí na n-uillinneacha is na ndorn. Chaith sé uaidh na málaí leabhar, nó ba í Ivona an rud ba tábhachtaí leis anois. Ansin thug sé faoi deara puirtleog bheag girsí a bhí ag gol go faíoch agus ag scairteadh ar a máthair, páiste a bhí díreach ag titim as a sheasamh faoi bhrú an tslua. Chuir an ruidín bocht seo buairt ar mo dhuine, nó ba léir go ndéanfaí cosair easair de ghearrchaile chomh bídeach sin gan mhoill dá gcaillfeadh sí cothromaíocht a cos. Thug Adam in amhail lámh a shíneadh ionsar an tachrán ach ansin d'imigh an leanbh as radharc air. Bhí an slua ag tarraingt Adam agus Ivona i dtreo taobhshráid bheag, ceann de na sráideanna stairiúla i gcroí na cathrach.

An tSlaivéin

Bhuel ní fhéadfadh na tancanna teacht isteach ansin ar chor ar bith! Ach céard faoi na saighdiúirí ceannairceacha?

Chonaic mo dhuine geata ar oscailt idir dhá sheanteach agus tharraing sé Ivona ina dhiaidh isteach ansin. Anois bhí siad ina seasamh i gcineál clós agus sraith de dhoirse ar gach taobh díobh. Ag an gceann eile den chlós fuair siad rompu seid nó scioból—ní raibh mo dhuine róchinnte faoin bhfocal ceart ach ba léir gur crannóg de shaghas éigin a bhí ann agus í á húsáid mar sheomra stórais.

26

I dTeach Mhuintir Tvardovsky

Nuair a bhí siad ag dul i dtreo na crannóige hosclaíodh ceann de na doirse agus tháinig fear cnagaosta amach. Baineadh stangadh as nuair a chonaic sé na daoine óga, nó ní raibh súil aige lena leithéidí a fheiceáil anseo—seandaoine ar fad a bhí ina gcónaí sna tithe seo, de réir chosúlachta.

"Cé sibh féin?" ar seisean. "Níl aithne ná ballaíocht agam oraibh. Cén gnó atá agaibh anseo?"

Ba í Ivona a labhair leis, cé go raibh sí i ndeireadh a misnigh. "Ní raibh muid ach ag siopadóireacht nuair a tháinig na tancanna. Bhí lámhach ann. Seo cara liom, buachaill ó Chríoch Lochlann agus é anseo lenár dteanga a fhoghlaim—"

D'inis sí na rudaí seo don tseanfhear uair i ndiaidh a chéile agus í leath ag impí, leath ag gol, agus sa deireadh tháinig athrú gnúise airsean. "Tancanna agus saighdiúirí —sea, féach na seantithe a tharraing Vusoky anuas orainn—" Le fírinne ba bheag a spéis sna tancanna agus sna saighdiúirí, agus é i bhfad ní b'fhiosraí faoin eachtrannach a raibh Slaivéinis ar a thoil aige. An raibh a

I dTeach Mhuintir Tvardovsky

leithéidí ann, amach ó na Slaivéanaigh Mheiriceánacha? D'iarr sé ar an lánúin óg teacht isteach agus cupán tae a ól.

Bhí sórt mímhuiníne ag an bhfear óg as an seanleaid ar dtús, chomh doicheallach a bhí sé nuair a bhuail sé an chéad bhleid orthu. Shíl sé gurbh fhéidir gur sean-ruifíneach salach a bhí ann a d'fhéachfadh le hIvona a éigniú. Dá bhféachfadh, mhúinfeadh mo dhuine ceacht dó! Ach ansin d'fháiltigh bean chéile an tseanfhir na cuairteoirí isteach, agus d'imigh an drochamhras—le fírinne tháinig sórt aiféaltas nó náire ina leaba.

Tomislav Tvardovsky agus Vjera Tvardovska a bhí ar an lánúin aosta, agus mar ba léir ó na pictiúir ar na ballaí, chaith fear an tí blianta a ghairmréime ag teagasc na n-amharcealaíon do dhaltaí meánscoile. Ní raibh a aird ach ar éigean ar sheafóid na polaitíochta, a mhínigh sé; ba iad na healaíona for agus fónamh a shaoil. Mar sin ní raibh a fhios aige i gceart cé chomh tromchúiseach a bhí na trioblóidí sa chathair. Anois féin ba é an rud ba mhó a bhí ag déanamh scime dó ná an bhféadfadh sé dul go dtí an siopa faoi dhéin bia agus earraí in am sula mbeadh a chuisneoir folamh.

Ní raibh moill ar bith ar Vjera tae a fhliuchadh is a riar ar na daoine óga. Tae Grúiseach a bhí ann, agus dúirt an seanfhear go magúil gurbh as an nGrúis a tháinig an tae ba láidire, an fíon ba mhilse agus an deachtóir ba mheasa. Rinne Adam gáire croíúil faoi, nó má bhí sé idir dhá chomhairle faoi fhear an tí ar dtús, bhí sé ar a shocracht anois agus é buíoch beannachtach chomh fial flaithiúil fáiltiúil is a d'iompaigh an tUasal Tvardovsky amach i ndeireadh na dála.

Maidir le hIvona bhocht, áfach, ní ag gáire a bhí sise. Bhí sí ar bharr amháin creatha, agus na deora ag teacht léi. Rug Adam greim dhá lámh ar a ciotóg-se, agus ó

185

bhí na néaróga, de réir dealraimh, ag teip uirthi go hiomlán thosaigh an fear óg ag tláithínteacht léi. Ní raibh a fhios aige féin cad é a bhí sé a rá, ach is éard a theastaigh uaidh a chur in iúl d'Ivona nach raibh sí ina haonar agus nach dtréigfeadh seisean choíche í. Ba chuma leis an stócach go raibh an tseanlánúin in ann gach focal a chloisteáil, agus iad ag bobáil súile ar a chéile ag éisteacht lena raibh á spalpadh ag mo dhuine.

D'éirigh leis an bhfear óg na deora a thriomú de leicne na girsí, ach mar sin féin bhí sí ag breathnú chomh dólásach is gur ghlac Vjera trua léi. Labhair sí leis an gcailín go mánla moiglí.

"An bhfuil tú buartha faoi do mhuintir, a stór?"

Lig Ivona osna fhada aisti.

"Creidim nach bhfuil caill ar bith orthu siúd. Tá siad slán sábháilte sa bhaile nó níl cónaí orainn in aon chóngar do Phulska Glova, ach tá mé cinnte go bhfuil siadsan á gcrá go héag chomh buartha is atá siad fúmsa agus faoi mo chara."

"Ná bac leis anois," arsa an tseanbhean. "Cuirfidh muid an teilí ag obair ar dtús go bhfaighe muid amach cad é an chuma atá ar na cúrsaí agus ansin glaofaidh muid ar do thuismitheoirí ar an teileafón."

Bhí an seanfhear ar aon bharúil lena bhean chéile go mba chóir a sheiceáil ar an teilifís an raibh sé sábháilte cead abhaile a thabhairt do na daoine óga. "Má deir siad go bhfuil bithiúnaigh ag rith damhsa sna sráideanna i gcónaí, fanfaidh sibh anseo thar oíche."

"Ó, Dia dár réiteach, go raibh maith agat, ach ní féidir linn cur as daoibh mar sin—" arsa Ivona.

"Éist sin anois le do thoil," arsa an seanfhear. "Ní minic a bhíos cuairteoirí againn ar na saoltaibh seo. Agus chaith do chara tréimhse fhada ag foghlaim

I dTeach Mhuintir Tvardovsky

theanga na tíre seo chomh líofa agus atá sí aige. Cúis onóra dúinn lóistín a thairiscint dá leithéid, agus an chathair ina cíor thuathail mar atá sí."

Sin é an cineál fáilte a gheofá ó mhuintir na Slaivéine, agus a dteanga ar do thoil agat, a shíl an stócach. Sin é an cineál fáilte a bhí i ndán dó ó léachtóir na Slaivéinise féin chomh sásta is a bhíodh sí dinnéar a riar ar an gcuid ba dúthrachtaí de na mic léinn ag a bordse. Bhí Adam chomh mór faoi chomaoin ag muintir na tíre bige seo is nach raibh a fhios aige conas a d'fhéadfadh sé leabhar na bhfiach sin a ghlanadh choíche.

27

An Fuireachas Fada

C huir an seanfhear an teilifíseán air agus díreach mar a taibhsíodh dóibh roimh ré bhí feasachán speisialta ann faoi éigeandáil na príomhchathrach. Bhí pictiúirí scanraitheacha á dtaispeáint agus an chuma orthu go raibh cathanna á gcur ar na sráideanna agus a lán daoine gortaithe nó fiú marbh—daoine nach raibh ach ag dul thart nuair a thosaigh an lámhach. Bhí fir agus mná agus páistí ina luí i gcosair cró ar na sráideanna céanna a bhí á satailt ag Ivona agus an stócach tamall roimhe sin. Bhraith an fear óg cradhscal fuachta ag dul tríd, agus d'aithin sé go raibh an cailín lán chomh scanraithe céanna. D'fháisc sé chuige í, agus má d'fháisc, d'fhreagair sí é. Bhí cuma bhuartha ar na seandaoine chomh maith. Dúirt Tomislav le mo dhuine: "Is mór an trua go dtitfeadh a leithéid amach díreach agus tusa ar cuairt sa tír s'againn. Creid uaim nach é seo an tSlaivéin i gceart."

Tírghrá den tseandéanamh a bhí i gceist leis an méid sin, mar a tuigeadh d'Adam, agus ghlac sé trua leis an seanfhear, nó leis an ngnúis a bhí air ba léir go raibh náire air i ndáiríre. "Tá sé ceart go leor," ar seisean, "ná bí buartha." Mhínigh sé go raibh a mhalairt d'aithne

189

aige ar an tír seo agus ar a muintir cheana féin agus nach bhféadfadh na trioblóidí a dhath a athrú faoi sin.

Maidir le hIvona ní raibh sí in ann dearmad a dhéanamh de na páistí a chonaic sí á n-iompar ar na sínteáin go dtí na hotharchairr. Cén fáth nach raibh sí féin amuigh ansin ag cabhrú leis na leanaí bochta? Nárbh é sin an dualgas a ghlac sí uirthi nuair a chuaigh sí lena ceird? Shíl sí go raibh a tír dhúchais ag saothrú an bháis os comhair shúile a cinn ar scáileán an teilifíseáin, agus nach raibh sí féin ábalta a dhath a dhéanamh faoi.

Ní raibh sí in ann canúint cheart a chur ar na mothúcháin seo, áfach, nó níor rith léi a rá ach:

"Na páistí bochta—"

Agus nuair a chuala an triúr eile na focail seo ní raibh aon duine acu in ann ach a cheann a sméideadh. Na páistí bochta muise. Tháinig roic nua i gceannaithe an tseanfhir agus é ag smaoineamh ar a chéad óige féin, nuair nach raibh ann ach buachaill beag, agus an saol mór ag titim as a chéile ina thimpeall le teacht na dtrúpaí Gearmánacha.

D'iompaigh an seanfhear i dtreo Ivona agus d'aithin an cailín coinnle caomha cineálta sna seansúile críonna sin.

An stócach arís, ba chuimhneach leisean na scéalta a d'inis a sheanghaolta dó féin faoi bhlianta an chogaidh. An dóigh a raibh siad ina suí anseo chuir sé i gcuimhne dó an cur síos a thug na seanfhundúirí ar an saol a bhíodh acu san am sin. Cé go raibh tagairtí ann do na buamaí a phléasc i gcóngar agus a mharaigh an corrdhuine de na haitheantais, do na táisc ón gcathéadan nó do na sabaitéirí Sóivéadacha a thagadh anuas le paraisiút, ba iad na focail ba mhinice a chuala sé sna scéalta sin ná fanacht agus feitheamh, faire agus fuireach. Shílfeá go raibh an saol ar fad curtha ar fionraí fad is a mhair an cogadh, gurbh é an fuireachas fada sin an ghné ba suntasaí den chogadh mar rud. Bhídís ar foscadh ó na buamaí agus iad ag fanacht leis an mbonnán aer-ruathair "contúirt thart" a shéideadh. Díreach mar a bhí seisean agus Ivona agus an tseanlánúin os comhair an teilifíseáin anois, agus iad ag fanacht leis an scéala go raibh an ghéarchéim thart. Ach an rachadh sí thart ar aon nós, nó an mairfeadh sí go ceann míosa, nó bliana, nó blianta?

Má bhí an stócach agus Ivona ag fanacht le freagraí, ní raibh siad ar fáil ón bhfeasachán teilifíse. Is éard a chuala siad ná gur tháinig deireadh leis an leamhsháinn i bPulska Glova nuair a scaoileadh urchair—ní raibh a fhios ag aon duine cé acu taobh a scaoil, ach nuair a scaoil, scaoileadh saor le diabhail Ifrinn chomh maith céanna. I ndiaidh an chéad bhabhta lámhaigh tharraing trúpaí an rialtais siar le doirteadh fola a sheachaint agus le síochántacht a chur in iúl, ach ba é an t-aon chonclúid a bhain lucht leanúna Vusoky as go raibh an rialtas ag géilleadh don lámh láidir, agus mar sin d'fhág siad na beairicí le ruathar a thabhairt faoi áras na parlaiminte. Ansin tháinig tancanna agus leoraithe an rialtais ina n-araicis agus scaoileadh urchair arís. Ba é an lámhach sin a chualathas nuair a bhí na póilíní ag iarraidh na daoine a ruaigeadh ó shráideanna na siopaí. Na daoine i gcosair cró b'fhéidir nárbh iad na piléir a d'fhág mar sin iad, b'fhéidir gur satlaíodh orthu le linn an táinreatha? Agus an ghirseach bheag a bhfuair Adam radharc uirthi cad é a d'éirigh di sa deireadh? Ar fháisc cosa na ndaoine an t-anam aisti? Nó ar casadh a máthair arís uirthi i ndeireadh na dála?

An tSlaivéin

Cibé faoi sin bhí an chuma ag teacht ar an scéal go gcaithfeadh mo dhuine agus Ivona an oíche seo a chur díobh ar lóistín ag an tseanlánúin, nó dúirt an craoltóir go raibh cuirfiú i bhfeidhm ar lár na cathrach go dtína deich a chlog an lá arna mhárach. Rinne Tomislav iarracht glaoch ar mhuintir Ivona ar an teileafón, ach ní raibh gar ann. Nuair a d'ardaigh an seanfhear an glacadán, níor chuala sé ton diailithe ar bith. "Níl an diabhal sceamhlacháin seo ag freagairt," ar seisean sa deireadh. "Caithfidh sé gur bhris na saighdiúirí an líne agus iad ag cur troda ar a chéile amuigh ansin, nó b'fhéidir gur cuid den chuirfiú é na gutháin a dhúnadh, cé nach léir dom call ná ciall ar bith a bheith lena leithéid."

28
Ag Airneán sa tSlaivéin

Chaith an ceathrar acu, an tseanlánúin agus an lánúin óg araon, a raibh fágtha den lá ag airneánaíocht. Ó bhí na seandaoine chomh fiosrach is a bhí faoin saol i dtír an stócaigh, b'iomaí ceist a fuair sé le freagairt. Cheapfá go mbeadh Vjera agus Tomislav ar sheol na braiche cuimhní cinn a saoil féin a ríomh ó thús deiridh agus fear óg ar cuairt acu a raibh ardspéis aige i stair agus i gcultúr na tíre seo, ach ó chaith siadsan a saol faoi scáil an Chuirtín Iarainn theastaigh uathu tuilleadh a fháil amach faoi na tíortha coimhthíocha, nó ní raibh cead acu cuairt a thabhairt ar an gcoigríoch nuair a bhí siad óg.

Ós fear mór amharcealaíon ab ea Tomislav, ghlac an fear óg leis nár mhiste dó scéalta a insint faoina athair mhór, nó i mbreis sa dóigh a mbíodh sé ag scríobh véarsaí agus altanna ar bhliainiris a scoile ní raibh caill air i mbun cleiteáin ach an oiread.

"An ealaíontóir a bhí ann?" a d'fhiafraigh Tomislav Tvardovsky, agus a aghaidh ag lasadh suas le spéis.

"Níorbh ea go díreach," a d'fhreagair Adam. "Bhí sé ag staidéar i gcoláiste na mbunmhúinteoirí cheana féin nuair a d'aithin sé go raibh bua na n-amharcealaíon aige. Bhí fonn air scrúdú iontrála choláiste na n-ealaíon a dhéanamh, ach ní raibh sé cinnte an éireodh leis an dá thrá a fhreastal in éineacht—coláiste na n-ealaíon agus coláiste na múinteoireachta. Ansin chuaigh sé i bhfianaise an Uachtaráin ag fiafraí de, an mbeadh cead aige triail a bhaint as coláiste na n-ealaíon chomh maith, ach má chuaigh ní bhfuair sé ach an t-eiteach dubh dearg. Ní ligfeadh an tUachtarán d'aon choláisteánach dá chuid féin staidéar a dhéanamh i scoil na n-ealaíontóirí, i bpluais an pheaca féin. Ba é a bharúilsan gurbh í scoil an diabhail í, agus gurbh é a choláiste féin scoil Dé, mar a déarfá."

Sméid an seanfhear a chloigeann agus sciorr sciotaíl bheag gáire uaidh. "Ansin," a lean an stócach leis, "is léir gurbh í an mhúinteoireacht an rogha ab fhearr ó thaobh na praiticiúlachta de. Ní shaothrófá do chuid ag ealaíontóireacht, ach dá mbeifeá i do mhúinteoir bheadh tuarastal ceart míosúil á tharraingt agat. Mar sin chuaigh Daideo le ceird an mhúinteora agus sílim go raibh sé breá sásta leis i ndiaidh an iomláin."

De réir a chéile, agus Adam ag spalpadh leis faoina mhuintir féin, thosaigh Tomislav ag breabhsú leis chomh maith. D'fhág an fear óg an stáitse ag fear an tí de réir a chéile, agus an seanfhear ag cromadh ar scéalaíocht dá chuid féin. Thug sé cur síos ar an gcineál saol a bhí ag na healaíontóirí sa tSlaivéin nuair a bhí na Cumannaigh i gceannas ar an tír. "Bhí ré an réalachais Shóisialaigh thart cheana féin nuair a thosaigh mise ag ealaíontóireacht, is é sin, bhí cead againn pictiúirí a dhéanamh de mhóitífeanna eile seachas brícléirí ag tógáil tí nó lucht oibre ag máirseáil faoin mbratach dhearg, ach mar sin féin bhíodh na húdaráis Chumannacha míshásta le gach sórt saothar

ealaíne 'nach mbeadh intuigthe ag an bprólatáireacht'."
Lig an seanfhear gáire beag. "Iad féin a bhí i gceist acu
leis an bprólatáireacht, is dócha, ó ba í 'deachtóireacht
na prólatáireachta' a bhí i bhfeidhm sa tír, dar leo."

Ba léir go raibh an-teachtaireacht le reic ag sean-
Tomislav, agus nuair a thosaigh sé i ndáiríre ag trácht
ar thábhacht na n-amharcealaíon do mhuintir na
Slaivéine i ré an Chumannachais, shílfeá gur baineadh
scór bliain aoise dá ghuaillí: sheas sé suas agus é ag
comharthaíocht lena lámha mar a bheadh sé ag
stiúradh ceolfhoirne. Uaireanta cheapfá gur ag rince a
bhí sé. D'inis sé faoi thír a bhí gonta go héag, beagnach,
ag uafáis an chogaidh, ag an Naitsíochas agus ag an
Stailíneachas araon, agus nach raibh cur síos ceart le
tabhairt ar a cruachás gan dul i dtuilleamaí an
osréalachais.

"Sna seascaidí," arsa an seanfhear, "ba nós linn
pictiúirí osréalacha a dhéanamh dár gcuimhní ó
laethanta an chogaidh. Ní fhéadfá cur síos réadúil a
thabhairt ar an tromluí sin nó chuirfeadh sé as do
mheabhair thú, go háirithe má bhí tú i do pháiste bheag
blianta an chogaidh." Tharraing Tomislav leabhar
chuige agus é ag brobhsáil ó leathanach go leathanach
le teacht ar shaothair ealaíne ón ré a bhí faoi chaibidil
aige. Thaispeáin sé sraith phictiúirí daite faoin teideal
"Daoine á gCur chun Báis"—daoine a raibh a gcloigne
nó a ngéaga casta ar gcúl, iompaithe bun os cionn, nó
curtha as a riocht ar bhealach anchúinseach éigin eile,
agus iad ag cur speictream iomlán dathanna díobh—
sin mar a chuir an t-ealaíontóir in iúl go raibh na
daoine seo ag saothrú an bháis, go raibh siad á n-únfairt
sna céadéaga.

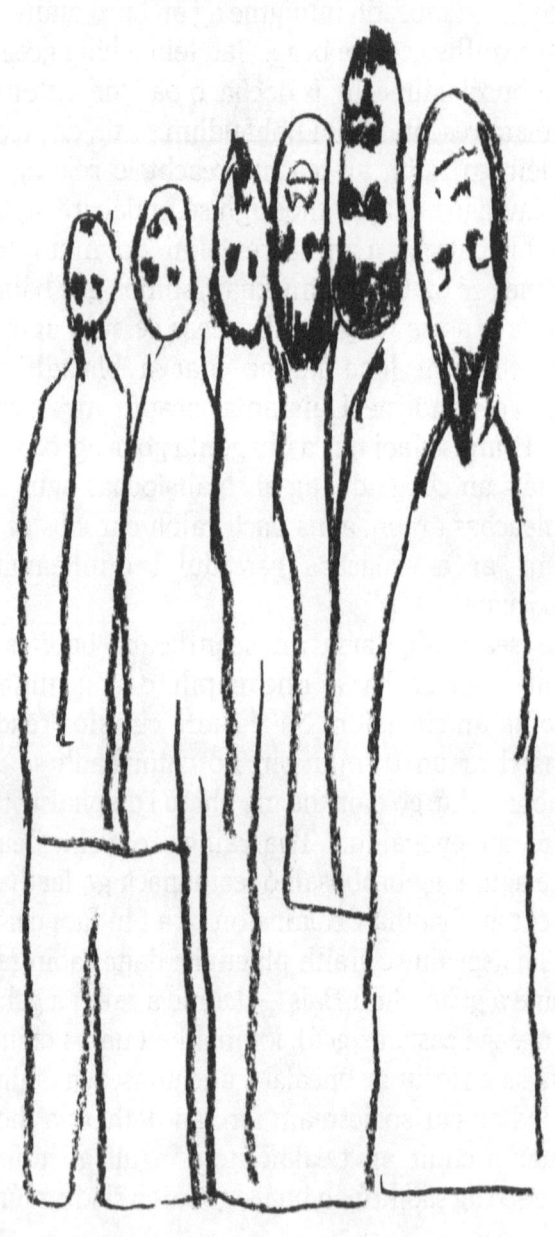

Ag Airneán sa tSlaivéin

Ba léir gur fear eile ab ea Tomislav Tvardovsky a bhí ag cur catha ar an díchuimhne i dtír seo na gcuimhní duairce. Ar ndóigh níor thuig an stócach ach cuid d'fhocail an ealaíontóra aosta chomh luath is a bhí sé ag radadh cainte uaidh, chomh cuimsitheach is a bhí sé ag tabhairt tuairisce ar mhionimeachtaí shaol na n-ealaíon sa tír fadó. Bhain an fear óg sult, áfach, as an stiúir nua a tháinig ar Tomislav le teann inspioráide. D'fhág sé cead cainte ag an seanfhear faoi chroí mhór mhaith, agus má thuig sé rud éigin go hiomlán sméid sé a chloigeann le cur in iúl go raibh sé ag tabhairt éisteachta. Mhothaigh sé go raibh sé ag ól na teanga chuige, go raibh a intinn agus a inchinn ag dul i dtaithí na Slaivéinise i ndáiríribh anois.

De réir is mar a bhí an seanduine ag scéalaíocht is ag insint leis, tháinig agus d'imigh nóin bheag agus deireadh an lae. Tháinig an clapsholas agus é ag tarraingt an dorchadais ina dhiaidh, agus ansin bhí ina am luí.

29

An Oíche go Maidin

Ghlac Tomislav agus Vjera leis go bunúsach gur
lánúin i ngrá ab ea an dís óg a bhí ar cuairt acu.
Daoine liobrálacha leathanaigeanta a bhí iontu agus iad
tuisceanach i leith rómánsaíocht na n-óg. Nuair a
casadh ar a chéile an chéad uair iad, cúpla scór bliain ó
shin, b'fhéidir nach de réir rialacha geanmnaíochta na
heaglaise a socraíodh a gcleamhnas féin ach an oiread.
An dóigh a raibh an fear óg ag tabhairt aire d'Ivona,
an dtiocfadh leo a mhalairt tátal a bhaint astu?
Agus b'fhéidir go raibh an ceart acu. B'fhéidir go
raibh Adam i bhfíorghrá le hIvona. Nuair a thosaigh
an táinrith amuigh ansin ba é an chéad rud a rith leis
ná Ivona a tharrtháil, agus anois, ag scrúdú a choinsiasa
dó, b'éigean dó a admháil nár thréig an mothúchán sin
é. B'ionann leas an chailín agus a leas féin, níor bheo a
bheo gan í a bheith beo, agus sin a raibh de. Chomh
simplí leis sin dáiríre.
An raibh fonn leathair air chuig Ivona? Cinnte le Dia
go raibh. Nuair a chonaic sé an chéad uair lena shúile
cinn ar stáisiún na traenach í bhí sé ag dul rite leis í a
aithint cé go raibh a pictiúr aige cheana féin. Bhí sí
chomh lonrúil, chomh gléigeal sin i gcomparáid leis an
ngrianghraf. Bhí breo ar leith i gcneas na girsí seo,

díreach mar a bheadh miondeannach airgid ghil spréite ar fud a craicinn.

Ach anois, cad é an dearcadh a bhí ag Ivona? An raibh sise i ngrá leisean? An raibh fonn craicinn uirthi, nó fonn gliomála agus peataíochta, ar a laghad?

Ar dtús ní dhearna sí ach súil a chaitheamh ina timpeall sa seomra a bhí fágtha fúthu. Ba é mac na seanlánúine, Vlodzimjeř Tvardovsky, a chónaíodh anseo tráth den tsaol, ach ansin tháinig sé i mbun a mhéide, fiche éigin bliain ó shin, agus bhailigh sé leis go dtí na Stáit ar lorg saoirse agus saibhris. Chuir sé faoi i Siceagó ar nós na mílte Slaivéanaigh eile. Níor thréig sé dúchas na healaíontóireachta, cé nach leis na hamharc-ealaíona a chuaigh sé. Le ceol ba mhó a bhí a luí, agus anois bhí sé ina phianódóir ag baint macallaí binne as fraitheacha na hallaí móra ceolchoirme thar sáile.

Buachaill maith a bhí ann, mar a d'áitigh Vjera ar an lánúin óg, agus é ag cur airgid chuig a thuismitheoirí go tráthrialta. Ní bheadh teilifíseán ná cuisneoir acu murach é, ós pinsinéirí bochta a bhí iontu. Bhí "Vlodzik" pósta ar bhean Mheiriceánach anois, agus an lánúin sin ag tógáil triúr clainne thall ansin, beirt mhac agus iníon amháin. Níor inis Vjera do na daoine óga, áfach, ar tháinig garchlann na seanlánúine ar cuairt go dtí an tSlaivéin riamh. B'fhéidir nár tháinig, b'fhéidir nár mhaith le Vlodzik a thír dhúchais a chur in aithne do na páistí nuair a bhí na Cumannaigh i gceannas uirthi. Níor thrácht Vjera ar an taobh sin den scéal ach bhí sé incheaptha gur thréig an mac an tír faoi choim, ag briseadh dhlí na gCumannach, agus nach raibh cead aige cuairt a thabhairt ar an seanfhód ach le déanaí.

An tSlaivéin

Bhí pictiúirí den mhac crochta de na ballaí, líníochtaí chomh maith le grianghrafanna, agus rinne Ivona a staidéar orthu. "Caithfidh sé go bhfuil siad ag aireachtáil a mic go mór mór uathu," ar sise. Bhí meacan beag caointe le haithint ina guth, ach ní raibh a fhios ag an bhfear óg cé acu ba chúis leis, báúlacht leis na seandaoine nó an scanradh a fuair an ghirseach bhocht agus cogadh cathartha á chur sna sráideanna. "Shílfeá gur scrín atá ann agus í tiomnaithe do chuimhne a mic. Is í an chuimhne aonchara an chumha, tá a fhios agat." Ansin d'éist sí ar feadh nóiméidín. "Ach níl duine beo sa tír seo nach mbeadh gaol éigin leis ar deoraíocht ar an gcoigríoch—sna Stáit nó áit éigin eile. Sa Ghearmáin mar shampla."

"Sa Ghearmáin?"

"Sa Ghearmáin cinnte. Tá a fhios agat iad siúd a bhí ábalta iad féin a chóiriú mar Ghearmánaigh—is é sin, a chur in iúl go raibh gaolta Gearmánacha acu—bhí saoránacht na Gearmáine ar fáil dóibh in aisce." Tháinig gnúis chráite ar Ivona arís. "An gcaithfidh mé féin dul ar imirce chomh maith le duine anois? Nuair a bhain muid amach ár saoirse bhí muid cinnte go mbeadh saol socair againn sa tír agus nach gcaithfeadh aon duine dul ar lorg tearmainn sna tíortha coimhthíocha ar chúiseanna polaitiúla a thuilleadh, ach féach an bhail atá ar an tír anois. An mbeidh deachtóireacht ann arís, meas tú?"

Ba é an t-aon rud a rith leis an bhfear óg a dhéanamh ná a cheann a chroitheadh. Ní raibh freagra aige ar an gceist sin, agus ghoill sé go mór mór air chomh buartha is a bhí Ivona. "An drae fios agam dáiríre," a dúirt sé go héidreorach, agus má bhí meacan an chaointe ag teacht i scornach na girsí arís chloisfeá snag áirithe ar ghuth an fhir óig chomh maith. "Níor tharla a leithéid seo i mo thírse le mo lá féin." Ba náir le hAdam nach raibh sé ábalta mórán a rá a thógfadh cian d'Ivona. San am chéanna bhí a chroí i riocht pléasctha, ó nach raibh sé in ann a mhíniú don chailín go raibh sé dúnta i ngrá léi ar fad.

I ngrá, a deir tú? Fan tamall. Níorbh ionann é seo agus an rud ar a dtugadh sé "i ngrá" roimhe seo—is é sin gur theastaigh uaidh cailín áirithe a shealbhú dó féin. Níorbh é sin a bhí i gceist anois ach rud eile ar fad—an tuiscint a tháinig aige nár aithin sé a leas féin thar leas na girsí a thuilleadh. Dá dtiocfadh air, thabharfadh sé a anam faoi chroí mhór mhaith le hIvona a tharrtháil. Nuair a tuigeadh an méid seo dó chreathnaigh sé ó rinn go sáil, agus ba dhóigh leis ar feadh soicinde gur chaill sé an talamh faoi na sála, gur tháinig meadhrán ina cheann agus é ag déanamh saorthitime.

Rug sé greim ar lámha an chailín agus é ag freagairt fhéachaint a súl-se. "Cogar anois a Ivona," ar seisean, "má théann an saol ó mhaith anseo rachaidh muid chun cónaithe i mo thír féin. Pósfaidh muid agus gheobhaidh tú post mar bhanaltra in ospidéal éigin thall ansin. Ná bí buartha faoi chúrsaí teanga. Tá tú thar barr ag foghlaim teangacha, féach chomh líofa is atá do chuid Gearmáinise cheana féin. Beidh caint mo thíre-se go paiteanta agat i gceann chúpla bliain—"

An dóigh a raibh sé ag impí leis tháinig na deora féin aige. Bhí sé ag ligean a rachta díreach mar a tháinig na focail chuige, agus ba chuma sa diabhal leis faoi na botúin ghramadaí.

Bhí an ceart ag máthair an fhir óig go bunúsach nuair a dúirt sí nach raibh dóigh ag a mac ar na daoine. Ní

An tSlaivéin

raibh se thar moladh beirte ag aithint a gcuid íoróine nó magaidh thar a ndáiríre, agus nuair a bhí sé ina bhuachaill bheag ba mhinic a chreid sé an rud nách ndúradh ach le stainc air. Moladh mór le Dia nach raibh an locht céanna ar Ivona. Dá mbeadh sí dall dúrthuisceanach ar mhothúcháin a céile comhrá, ní rachadh sí choíche leis an gceird a bhí á foghlaim aici. Ar an dea-uair bhí mianach ceart na banaltra inti, nó d'aithin sí go raibh an stócach ag labhairt a intinne go cneasta croíghlan—go raibh sé sásta gach uile shaghas tacaíocht a thabhairt di in am seo an ghátair. D'fheac sí a lámha chuici agus bhain sí cuid a súl as an bhfear óg ar feadh tamaill. D'aithin sí sceitimíní deasa taobh istigh dá colainn. Ba chuimhin léi fós an tagairt a rinne sé don teagmháil a bhí aige le hainnir na huaire ar bhord na loinge, an dóigh ar thug sé faoiseamh a mhéar di—

An meangadh gáire a tháinig ar a beola ní fhaca an fear óg a leithéid uirthi roimhe seo. Níorbh é sin an ghnúis ba thúisce a shamhlódh sé le cailín chomh mánla macánta sin. Le fírinne bhain an meangadh geit as, nó níor chuimhin leis a leithéid a aithint riamh roimhe seo ach ar an gcéad ghrá geal a bhí aige, más grá geal a bhí sa leannán luí sin i gciall cheart an fhocail.

Bhí Ivona iontach deas, iontach meallacach le fann-solas an lampa oíche. Bhí an tseanloinnir dhiamhair ina craiceann i gcónaí, agus ba dóigh leis an stócach gur chuir an leathdhorchadas an dá oiread léi.

Ní raibh Ivona réidh le mo dhuine a phósadh go fóill, ar ndóigh, ach san am chéanna nuair a thrácht Adam ar a leithéid léi, d'fhéad sí an léamh ceart a bhaint as, mar a bhainfeadh sí ciall as amhrán grá, agus tar éis an

202

tsaoil b'fhéidir gur meafar fileata a bhí ann thar aon rud eile, meafar ar chomh doirte is a bhí an stócach di.

Nuair a chrom Ivona ar an bhfear óg a phógadh, chreathnaigh sé ar dtús, ach ansin tuigeadh dó nach raibh ábhar spaspais aige: bhí grá ag an gcailín dósan díreach mar a bhí aige féin di, agus í chomh te teolaí is gur theastaigh uaidh go mór mór an teas sin a mhothú in éadan a lomchraicinn féin.

Bhí a gcuid méar ar crith ar fad, agus ní raibh ag éirí leo ach ar éigean na héadaí a bhaint dá chéile. Sa deireadh áfach bhí siad ina gcraicne dearga ag breith barróige ar a chéile. Chaith siad tamall fada ag goradh is ag giúmaráil a chéile, ach ansin lig Ivona osna bheag dheas nuair a d'aithin sí cruas an bhoid ar a boilg. Rinne sí mionsciotaíl gáire agus dúirt:

"Caithfidh sé go bhfuil coiscíní agat le haghaidh ócáide den chineál seo."

Bhí sí ag smaoineamh ar fhocail a deirféar, ach ar ndóigh ní raibh a fhios ag an stócach é.

"Tá, cinnte," ar seisean go stuama. "Tabhair dhom mo thiachóg, a stór." Níor aithin sé ábhar gáire ar bith ann, a mhalairt ar fad. Chuir sé an rubar air féin an dá luath is a bhí sé sa lámh aige.

Agus ansin shuigh Ivona síos ar ucht mo dhuine. Bhí eagla bheag uirthi ar dtús agus nuair a lig sí isteach chuici é baineadh crith aisti díreach mar a bheadh drithle péine ag dul trína colainn. Tháinig buairt ar an bhfear óg, agus d'fhiafraigh sé di an raibh sí ceart go leor. Phléasc an gáire ar an ngirseach arís.

"Níl ca-aill orm a stó-ór, diabhal an drae ca-aill—"

Nuair a bhíodh Adam ag bualadh craicinn leis an gcéad chailín a bhí sásta síneadh leis, ní raibh ann ach sásamh an ocrais chollaí. Nuair a thug seisean agus

An Oíche go Maidin

cailín na loinge faoiseamh glaice dá chéile ní raibh i
gceist ach gar nó carthanacht, beirt strainséirí ag croith-
eadh láimhe ar mhaithe leis an dea-bhéasaíocht. Anois
áfach bhí an fear óg agus Ivona ag iarraidh aontacht
éigin a bhaint amach nach raibh sa chomhriachtain féin
ach sop in áit na scuaibe i gcomparáid léi.

A stócaigh, a bhruinneall, agus tú ar deoraíocht thar
sáile, má thugann tú grá do dhuine de mhuintir do thíre
nua, coinnigh cuimhne ar an seanfhód. Abair le do ghrá
geal: "Nuair a chaithfeas an tSlaivéin bráca a braigh-
deanais di, tabharfaidh muid aghaidh ar an tír. Cuirfidh
tú aithne ar a sléibhte agus ar a gleannta, ar a haibh-
neacha agus ar a locha, ar a feirmeacha agus ar a
cathracha, agus foghlaimeoidh tú ceol agus cantair-
eacht, foirmeacha agus fuaimeanna na Slaivéinise.
Tabharfaidh tú grá do mo thír díreach mar a thug tú grá
dom féin, agus beidh síocháin agus suaimhneas, saoirse
agus sonas againn le glúin nua de chlann na Slaivéine
a thabhairt suas a thuillfeas clú agus cáil don tseanfhód
arís."
　　　　　　—Januś Mlodzjeńc: *Coinnigh Cuimhne ar an Seanfhód*
　　　　　　Teach Foilsitheoireachta "Saoirse na Slaivéine"
　　　　　　Reinbek chois Hamburg
　　　　　　Poblacht Chónaidhme na Gearmáine 1962

205

30
Eipealóg

Nuair a mhúscail Adam, bhí Ivona ina dúiseacht cheana féin. Bhí sí ag cuimilt chlár éadain an stócaigh nó ag pógadh a leicnesean, agus í nocht ar fad i gcónaí.

"Dúisigh anois, a ghrá," a d'impigh sí.

Tháinig mo dhuine chuige féin de réir a chéile, agus nuair a tháinig, ba dóigh leis go raibh sé ina chodladh i gcónaí, nó chomh deas is a bhí Ivona b'éadócha leis a leithéid a chailín a bheith sásta síneadh in aon leaba leis. Dúirt sé an méid seo os ard le hIvona agus lig sí racht gáire.

"Nach ortsa atá an plámás inniu?"

Ar feadh tamaill ba chuma leo an chuid eile den ollchruinne, ach ansin thosaigh siad ag cur na n-éadaí orthu. B'fhéidir go mbeadh sé in am acu téisclim a dhéanamh chun imeachta freisin, dar le hIvona. Chaithfidís a fháil amach an raibh sé sábháilte dul abhaile anois. An raibh an cuirfiú curtha ar ceal cheana?

Fuair na daoine óga an tseanlánúin ina suí os comhair an teilifíseáin, agus iad ag fanacht leis an gcéad fheasachán breise eile. Bhí a fhios go maith ag Tomislav agus Vjera an cineál oíche a chaith mo dhuine agus

Ivona le chéile, agus meangadh mioscaiseach gáire orthu: ó, nach méanar don té a bhí óg inniu!

"Mora daoibh ar maidin," arsa an fear óg leis an tseanlánúin, "an bhfuil scéala nua ar bith ar fáil?"

"Bhuel dealraíonn sé go bhfuil na cúrsaí ag dul i bhfeabhas," arsa an seanfhear. "Ar a laghad tháinig deireadh leis an lámhachóireacht sna sráideanna."

"Tá an tae fliuchta," a dúirt bean an tí, "agus brioscaí ar an mbord. Tarraingígí oraibh."

Fuair Adam riachtanach a bhuíochas a chur in iúl go deisbhéalach arís, ach ansin d'ardaigh bean an tí lámh mar a bheadh sí ag iarraidh cith na bhfocal a stopadh. D'éist an fear óg mar sin, ach mhothaigh sé súile a chinn fliuchta. Pé deireadh a thiocfadh leis an ngéarchéim pholaitiúil seo bheadh sé faoi chomaoin ag muintir na tíre seo go dtí go rachadh na trí sluaiste air. Conas a d'fhéadfadh sé leabhar na bhfiach seo a ghlanadh ar aon nós?

Sa bhaile dó, ina thír féin, ní bhíodh ar fáil dó ó na cailíní ach cur ó dhoras agus cúl na láimhe, an chuid ba mhó den am. Anseo áfach bhí Ivona sásta cluas a thabhairt dá raibh le rá aige agus tús agus deireadh a scéil a chloisteáil. Agus anois ba mhór an náire dó gur shíl sé riamh nach mbeadh ábhar cainte aige le cailín a bhí ag foghlaim banaltrais. Ach ansin rith leis go mbeadh sé breá éasca aithrí a dhéanamh sa pheaca sin. Ní raibh le déanamh ach dúthracht agus dícheall a anama a thiomnú d'Ivona agus a chinntiú go mbeadh sise slán sábháilte an chuid eile dá saol. Agus ba é sin an rud ba réidhe a thiocfadh leis inniu, mar a mhothaigh sé.

Eipealóg

Thosaigh an feasachán anois, agus mar a dúirt Tomislav roimhe seo, bhí an ghéarchéim ag druidim chun deiridh faoi seo.

"—agus seo Anjeśka Mjercinović ag tabhairt tuairisce ó Chearnóg Mjećyslav Vjelicky—"

Duine eile de laochra móra na tíre ab ea Mjećyslav Vjelicky, treallchogaí a fuair bás i machaire an áir ag cur catha ar na Gearmánaigh. Ní raibh ach lagmheas ag na Cumannaigh ar Vjelicky, ós sna Fórsaí Armtha Rúnda a bhíodh sé ag troid, agus é ag tacú le Sóisialachas den chineál mhícheart ina chuid scríbhinní i bpreas na gluaiseachta frithbheartaíochta: an cineál Sóisialachas nach gcuirfí i bhfeidhm ach de réir na ndlíthe, le caoinchead na vótóirí agus le haird cheart ar nós imeachta an pharlaiminteachais. Ba iad na Sóisialaithe den chineál mhícheart an namhaid ba mhó a bhí ag cur isteach ar na Cumannaigh riamh, agus ba iadsan ba mhó a bhí thíos leis na feachtais chlúmhillte a dhírigh na Cumannaigh ar na dreamanna polaitiúla eile. Nuair a tháinig an daonlathas i réim sa tír arís, bhí Vjelicky ar duine de na mairbh mhórchlúiteacha ba thúisce a fuair a gceart ar ais ón rialtas nua.

"Tá Anjeśka ar a seanléim i gcónaí, buíochas mór le Dia," arsa Tomislav mar a bheadh seanchara i gceist. "Shílfeá go raibh sí i gcontúirt nár bheag agus í suite in aice le geata na beairice nuair a thosaigh an hurlama giúrlama."

"Éist do bhéal anois, go gcloise muid í," arsa Vjera.

"—agus nuair a tháinig na tancanna in araicis fhórsaí Vusoky ag Timpeallán Tráchta na Saoirse, chuaigh cuid de na trúpaí ceannairceacha ó smacht, sin nó chaill siad teagmháil lena gceannasaí. D'éirigh ina throid idir iad agus trúpaí an rialtais, agus bhuail na piléir custaiméirí sna siopaí chois Shráid an Neamhspleáchais—"

Sráid an Neamhspleáchais? Níor tháinig mo dhuine agus Ivona a fhad leis an tsráid sin riamh ar a gcamchuairt siopadóireachta, ach cinnte bhí cuma ghránna air sin, nó mar a mhínigh an triúr bun-dúchasach do mo dhuine as béal a chéile, bhí cuid mhaith siopaí bréagán suite thall ansin. Ba léir gurbh ón tsráid sin a tháinig pictiúirí na bpáistí gortaithe inné.

Ba é éirim an scéil go raibh an ghéarchéim thart anois, go bunúsach. Bhí Vusoky tar éis é féin a ghéill-eadh do thrúpaí an rialtais, agus gach aon pháirtí polaitiúil ag fógairt nach raibh foréigean d'aon chineál i gcúrsaí polaitíochta inghlactha sa tSlaivéin i ré seo na saoirse. "Chaith muid leathchéad bliain faoi bhráca an fhoréigin iasachta," arsa cathaoirleach Pháirtí an Dul chun Cinn, Mjeroslav Slobodziński. "Ná cuirimis bráca den chineál chéanna orainn, muid féin."

Na páirtithe tuathghríosaitheacha féin a mbíodh tuiscint éigin acu, tráth, do na líomhaintí éagsúla a bhí le cluinstin ó Vusoky, bhí port eile ar fad á sheinm acu anois. Nuair a chuala mo dhuine muintir na Slaivéine ag cáineadh Vusoky agus a chuid uisce faoi thalamh chomh haonbharúlach sin, bhí iontas air go bhféadfadh aon duine tacaíocht a thabhairt don scabhaitéir sin ar aon nós riamh. Ach ar ndóigh iad siúd a thaobhaigh leis ar dtús ba iad an dream anois ab ardghlóraí a chaith anuas air, le hiarsmaí a ndea-cháile a tharrtháil.

Bhí lámh chúnta na saoránach de dhíth ar na húdaráis go fóill le praiseach na géarchéime a ghlanadh. Bhí Ospidéal Cuimhneacháin Jonas Salk—ainmnithe as duine de lianna móra Mheiriceá, mar ab iondúil sa tír seo anois—ag cur gairm scoile ar dhaoine a raibh

Eipealóg

oideachas an dochtúra nó oiliúint na banaltra orthu teacht chun cúnaimh le freastal ar íobartaigh an doirteadh fola.

"Caithfidh mise dul ansin," arsa Ivona, agus ba é sin an rud ba dual di a rá. Shíl an fear óg go raibh fios a gnó ag Ivona, agus nach gcaithfeadh sí a cuid ama a chur amú ag déanamh a marana ar chuspóir a saoil, cosúil leis féin. "Sin é an fáth leis an ngrá mór atá agam di," a cheap Adam, "sin é an rud atá aicise agus nach bhfuil agam."